コロナ禍の生活綴方

コロナと暮らし実行委員会／編

ほおずき書籍

不安をちゃんと見る
弱さに向き合う
強制ではなく連帯する

コロナで映し出された
わたしたちの今の問題を
ひとつ、ひとつ
解決していけるように

さまざまな場所で日々を送る
人々の声を
集めました

コロナを考えることで
見えてくる世界を
ひとり、ひとり
考える種にしてほしいな

発行にあたって

「コロナと暮らし実行委員会」は、長野県在住・出身の女性や母親、学生、弁護士、社会運動関係者などによる実行委員会です。昨年、2020年秋に計画したコロナと暮らしを考えるシンポジウムを、コロナ禍により延期としました。その代わりに直面している現実や思いを文章や絵に綴ることにし、知り合いなどにも呼びかけました。

コロナ禍の「非常時」のもとでのテレビやインターネットの喧騒、こうした喧騒のもとに埋もれた切実な声や実態があるのではないか、この空白を埋めたいと思ったことが、『コロナ禍の生活綴方』を始めたきっかけです。

「友人らとの当たり前の日常がなくなってつらい」と綴った大学生は、生活綴方の持つ力について、こう語っています。

「生活綴方は生活に起こったことや五感からの刺激、感情を『見つめる』ことを必要とする。見つめて、記す。たったこれだけである。この『見つめる』行為が生活綴方の中心だ。そこに他人の視点は存在しない。自分に素直にならないと生活綴方は書けない。生活綴方は決して五感や感情を無視しない。むしろ歓迎し、回復や前進につなげる。コロナ禍の生活の変動や政治の無策失策からの回復に生活綴方は最高の手段だ」

生活綴方、生活画（自由画、想画）は、ありのままの生活と自己を見つめ、感じていることを、文章や絵で表現することです。大正時代に始まり、手本を書き写すだけだった作文や図画の授業に新風を吹き込みました。昭和にかけて盛んになり、戦後も実践されました。１９５０年代には、農村や工場の青年、家庭の主婦の間で、生活をありのままに書き、仲間で読み合い、新しい生き方を話し合う生活記録運動が、全国各地に広がりました。

南米チリでは、１９７３年から９０年まで続いたピノチェト大統領の軍事独裁政権により、家族を奪われた女性たちが中心となり、自国の現状を世界に訴えるアルピジェラというパッチワークが広がりました。女性たちは共同作業で、アルピジェラを作りました。バラバラにされた生活をパッチワークで復元し、つなぎあわせることで癒され、生産と収入の場だけでなく、発言の場となり、生きている実感を与え、独裁政治に立ち向かう力となりました。

コロナ禍で、いや、その前からすでにそうだったかもしれませんが、私たちのバラバラにされた生活が、こうして本になったことでつなぎあわさりました。この本を読んでいただいたみなさんのところで、生活を記録し、読みあって、より良く、より人間らしく生きようと話し合う場が、広がっていけばいいなと思っています。

コロナ禍の生活綴方／目　次

カバー（オモテ面）の絵／題「湿原の静けさ」若麻績敏隆

支え合いながら社会にも働きかける仕組みができれば

社会福祉士　志木　碧

私は、様々な理由から学校に行けないお子さんや、困難の中で養育をされているご家庭と関わっています。学校が再開に向けて動き出した5月頃は、先生方も苦労されながら学年ごと・地域ごとなど「分散登校」をしていました。特徴的だったのは、いわゆる「不登校」とされていたお子さんたちが、この間は割と順調に登校できていたことです。大きな集団の中で長時間過ごすことに負担を感じるお子さんでも、少人数で先生の目が行き届き、学校で過ごす時間が短い分散登校のような形なら、学校が居場所になりうるのだと知らされました。また、今までの校則が見直され、「マスクは白色でなければならない」などという決まりは必要なかったことが証明されました。夏の制服は紺色のポロシャツでも良くなり、今でも体操服での登校・授業を認めている学校があります。

一方で、コロナウイルス対策が定まらない中、対応が各家庭に任され、「コロナうつ」とでもいう状態になった子もいます。ウイルスが付いているのではと気になり、ボトル1本分のせっけんを使ってもまだ手を洗い続ける、先生が消毒したトイレにも入れない、そして「自分が登校している間に家族がコロナで死ぬのではないか」と心配で学校に来られなくなるなど。また、感覚が過敏なお子さんはマスクをつけることが負担で外出できなくなりました。コロナを理由とする欠席を「出席停止」扱いにしたため、不登校傾向の把握に時間がかかったこともあります。さらに、自宅にこもってひたすらゲームやYouTubeに熱中し、生活リズムが乱れて登校できなくなった事例も多く見てきました。

こうしたご家庭の相談に乗り、訪問したり様々な機関と協力したりしながら、お子さんが本来持つ力を最大限発揮できるようにするのが私の仕事なのですが、コロナを理由に関わりを拒否されることもあります。信頼関係を築く前に「感染が怖いから」とシャットダウン（の口実に）されると、家庭の中の困難さに迫ることができません。

コロナウイルスは、人々の信頼関係とネットワークをも破壊していますが、それに輪をかけたのが政治だと思います。何にどれほど効果があったのか全く検証も反省もされていない「一斉休校」。子どもたちは進学・進級へのまとめができず、新学年になってからの

２か月も奪われ、学校再開後は駆け足の授業が行われています。根本的には学習指導要領を見直し、詰め込み教育を正す必要があるでしょう。私は地域で無料学習スペースの運営をしていますが、特に中学１年生の学習への負担感をひしひしと感じます。

最後に、これからを生きる子どもたちへ、コロナ禍を転じて福となすために考えたことを書きます。

１．子どもたちに少人数学級を

１クラスに40人では、物理的な距離もとれません。何より一人ひとりの子どもに目が行き届く教育を今こそ実現したい。先生方にも余裕が生まれると思います。

２．校則を含むルールを考え直す

例えば、学生服は着たきりで洗濯もままならず、感染症対策としても疑問です。誰のための決まりなのか・本当に必要か、その決定過程に子どもも関われればいいですね。

３．誰もが助け合える社会に

「自助」と「自己責任」ばかりが強調される世の中は暮らしにくい。コロナ禍で生活に困窮される家庭も増えています。声をあげられずにいる子どもや保護者にいち早く気づき、支え合いながら社会にも働きかける仕組みができればと思います。

（２０２０年11月記）

コロナと暮らし

善光寺白蓮坊住職・画家　若麻績　敏隆

世界中で新型コロナウイルスの感染拡大が止まらない。一旦、収まったかにみえるヨーロッパでの感染も再び増加傾向にあり、この先、感染状況が落ち着いていくかは予断を許さない状況にある。10月14日現在で、全世界の感染者は３８００万人、死亡者は１０８万人、日本における感染者は８万９６５０人を超え、死亡者数も１６３０人を超えた。コロナウイルスによって亡くなった方のご冥福を祈ると共に、感染された方の一日も早いご回復を願いたい。そして、医療現場の最前線で働く皆様には、心より感謝を申し上げたい。

コロナで誰もが自粛生活を余儀なくされている中、私は、秋に予定されている展覧会に向けて、作品を描きためるのに時間を費やしていた。私は、身近な長野の風景を描くことをもっぱらにしているが、春には、長野近郊の桜を、感染対策に留意しつつ、なるべく人がいない時間を見計らって取材して回った。人間社会はコロナ禍で大きく混乱していたが、桜は今年も美しく咲いた。

自然の中に身を置いてその姿を静かに観照するとき、目の前に見える美しい森や草原、雲の浮かぶ空や、川の流れなどのすべてが、全き必然としてそこに存在していることに気がつく。何もかもがそこにあるべくしてある。自然の中には、様々な生きものが息づいている。巨大なものから微細なものまで。様々な動物や植物、あるいは目に見えない微細な細菌やウイルス。そうした無数のいのちが、すべて繋がりあい、一つの風景として平等に私の眼前に存在している。静かに風景を観照していると、自ずと自然に対する畏敬の念が起こり、自然に対する謙虚な心、感謝の心、生きとし生けるものへの思いやりの心が呼び覚まされる。大自然の中には、人間にとっては害になるようなものも数多く存在しているだろう。毒虫や毒キノコ、猛獣や害獣、細菌やウイルス。たとえ、人間にとっては厄介なものであったとしても、それら全部を包摂した大自然のなかで私たちは生かされている。

コロナでいのちを奪われた方の無念ははかりしれない。面会も叶わず肉親を亡くされた方の悲しみはいかばかりだろうか。その悲しみは、簡単に癒やすことのできるものではないだろう。しかしながら一方で、どのような悲劇、事故で亡くなったとしても、亡くなった方たちのいのちもまた、自然の大いなるいのちへと還っていくのである。そうした大いなるいのちの世界を、古《いにしえ》から宗教は、極楽とか天国とかという物語で説いてきた。

今、コロナ禍の中だからこそ、人間社会から距離をおいた大自然の中で、生死について思いをめぐらし、いのちについて考えてみたい。自分のいのち、他者のいのち、そしてすべてをつつみこむ平等なる大いなるいのちについて。

コロナ禍が私たちにもたらした苦しみは、実際にコロナウイルスそのものに起因するものから、コロナの蔓延による経済的困窮、移動制限、休校などの社会的な苦しみ、そして差別や中傷、分断のような人間のエゴに起因するものなど様々である。大自然の中で自然と向き合い静かに観照することが、収入を増やしたり、社会制度を改善したりすることはない。しかし、コロナ禍で疲弊した心の痛みを癒やすことは出来る。自然は、もともと私たちのふるさとであり、いずれ還る場所だからである。ひとまず世間的なしがらみの領域から離れて、私たちのいのちの本来的な拠り所である自然との関係性を回復することは、現代に生きる人間にとって最も必要とされていることであろう。

近年の、気候変動に起因する災害、そして猛暑と、私たちはコロナ禍以外にも、身近に自然の脅威を感じることが多くなった。これら自然の脅威の原因を辿ると、そこには行き過ぎた人間の文明活動があると多くの科学者が指摘している。地球温暖化についてグレタ・トゥーンベリさんが涙ながらに大人たちの無策を叱ったことは記憶に新しい。私たち人間にとって、自然との新たな関係性を築くことは喫緊の課題なのだ。
　コロナ禍を機に、先ずは大自然の中で、自分の心をニュートラルな状態に戻してみよう。地球の一部としての自らの立ち位置を確認したなら、今自分に何が出来るか、何をすべきかを考えてみよう。少なくとも私たちは、人間同士が差別し合い、争い合い、分断している場合ではない。コロナ禍が鳴らす自然からの警鐘に耳を傾け、エゴを超えて、思いやりの心を育み、未来を生きていく子どもたちのためにこそ行動しなくてはならない。コロナ禍だからこそ、この人間社会の一員としての自分と同時に、自然の、地球の一部としての自分を常に持ち続けることを学んでいこう。

（2020年10月記）

正直疲れてしまいました

長野県北信地区出身・在住のパート主婦

コロナ禍の中で思うこと。たくさんあります。正直疲れてしまいました。

コロナが身近に差し迫りながらも、どこか他人事《ひとごと》。そんなツケが回ってきてしまったかのようです。

長野県民は保守的な人種です。コロナの件で、長野がイジメが多く、自殺率全国1位という数字を知りました。生まれ育った長野の土地から県外へ出て、長野の良さを改めて感じて戻ってきただけに、その事実はショックでした。

しかし、コロナ禍での村八分、差別、投石や誹謗中傷などの話を風の便りで聞くと、現実の話なのだなと悲しい気持ちでいっぱいです。

コロナでみんな心が疲弊して貧しくなり、人間同士のイヤな部分が露呈しているように感じます。政府は無責任で無策な対応しかしません。国民の生活には目を向けていないように感じます。あからさまな差別が露呈したことで性差別、男女間の隔たりの問題も大きく議論されていますが、まだまだ双方の理解の溝を埋めるのには時間がかかりそうです。

子どもたちはコロナ対策の被害者です。今しか出来ない学校生活を振り回され、奪われています。コロナは恐いです。

でも、私が何より恐れているのはコロナに罹患して起こりうる、差別や誹謗中傷などの行動です。コロナが、今誰がかかってもおかしくない状況下で差別が横行してしまう、それこそが恐ろしいです。

人は一人では生きていけません。一人で生きているようであっても、誰かが育てた作物が無ければ、運搬してくれる人がいなければ、販売してくれる場がなければ、誰も何も得られません。それは自分以外の誰かが動いているからこそだから、という当たり前のことを考えました。脱線しましたが、コロナ禍をきっかけに人それぞれの意識を変えていく必要があると思います。

「コロナ＝差別」とならない意識改革が必要かと思います。それをしないと、コロナを恐れて隠す人も増え、いつまでもこの状況は終わりを迎えられないです。長野は保守的な考えの方が多いですが、良くも悪くも他人に干渉し過ぎる部分を考え直す機会になればと思います。

話があちこちに飛んでしまい、まとまっていませんが……、日常が早く戻り、また戻った時には、このコロナ禍を境に人それぞれの意識改革をレベルアップしていけたら良いな、と思います。

（2020年11月記）

早く新型コロナウイルスが収束し、当たり前の日常に戻れますように

まこ

新型コロナの感染が拡がり、学校が休業になった3月。我が家の子どもたちは、突然の事態に「アベのやろう！」と怒って帰って来ました。この決定には納得が出来なく、休業中子どもたちは、とてもイライラしていました。課題も、休業が延びる度に増え、予習の範囲を見る親も大変でした。親が先生になると、親子関係が崩れます。

店頭からマスク、ハンドソープ、消毒など感染予防製品が消えました。夏頃になると、毎日のようにテレビのニュースで報道される感染者数に、下の子は脅え、小さい心が不安でいっぱいになっていました。

学校では35人の教室で過ごし、何かする度に手を洗う。運動会は体育参観日に縮小され、中学校の修学旅行は県内日帰り研修旅行に、文化祭もリモート、音楽会も3部に分け

てマスク着用での合唱、部活の大会、コンクールも全て中止になりました。それなのに、国は「GoToキャンペーン」を始めました。そして、感染拡大。

子どもは、「私たちは我慢しているのに、大人がどうして！」とニュースを見ながら怒っていました。

私は、子どもたちの毎朝の検温と健康チェックカードの記入に、疲れを感じています。ただでさえ、忙しい朝。負担は大きく、早く解放されたいです。

日本の政治家には、頭の良い人はいないのでしょうか。自分の利権しか、頭にないのかな。

早く新型コロナウイルスが収束し、当たり前の日常に戻れますように。

（2020年12月記）

一言でいうと「つらい」が一番適当な言葉

長野県出身の西のほうの大学2年生

大学に行って授業を受ける、友人や先生と行き会って話をする、図書館で本を読む、学食で食事をする。正直これが当たり前だと思っていました。そして続いていくものであるとも。でも、それがこんなにあっさりとなくなるなんて今でも信じられません。

この半年を一言でいうと「つらい」が一番適当な言葉です。ですが、その「つらさ」の原因は、家にこもってひとり課題をこなすしかないこと以外にもあります。今の政治が学生や学問のことをとことん軽く見て貶《おとし》めていることです。コロナ禍の影響を受けなかった学生はいないのに支援策に線引きをしたこと、某政党が私の専攻している分野の知識を誤用したこと……。たくさんありすぎてキリがないですね。

なんで学生やってるだけでこんな思いをせにゃならんのだ、もとをただせば政府の失策と無策のせいじゃないか、科学を政治の道具にするな。こんな思いをするのはもうたくさんです。根本から変えたいです。

今すぐまともにするのは無理なのはわかっています。でも次の世代までにはもう少しまともにできるはずだし、その次の世代までにはさらに良くできるはずです。

なにもしないでいるのは嫌です。

（2020年10月記）

コロナ禍で浮き彫りになっていること

自転車好きの大学生

コロナが騒がれ始めた2020年1月、「大変だなぁ」としか思わなかった。だけど影響は徐々に表れた。来客数の減少により、アルバイト先の営業時間は短縮され、シフトの回数も減った。

そんな中、国内では感染者に対する誹謗中傷が相次いでいた。彼らを責める言葉があちらこちらでみられた。罹患してしまった人に罪はないのに。

罹患した学生に対する非難は国会議員が先陣を切って行うなど、特に強かった。学生はまるで感染症を広めるネズミか何かのように扱われていた。

この段階で世間は「学生」に対して、数十年前のイメージのまま評価していたのではないか。ここ数年、メディアでも衝撃的な大学、俗に「Fラン大学」と呼ばれる大学（この

名称に対しては強い不快感を持っている
が）が取り上げられるなどしていたため、「大学は遊ぶところ」「大学生活はモラトリアム期間だ」という認識が未だ根強い。

4月頃から「学費返還」を求める署名運動が始まった。この頃から5月にかけて、学生に対する認識はそれ以前とガラリと変わった。1億総中流社会が過去のものであると認識され、そもそも遊ぶどころか学費・生活費の確保のためアルバイトに追われる学生が多くいたのだとようやく認知された。

学費返還・減額署名が始まってから約半年。現在、学生支援に関わる世論は、学費返還要求から対面授業再開要求へとシフトしている。文部科学省も「対面講義率が半分以下の大学は公表する」と言い、対面講義を行わない大学を吊るし上げるかのような対応をとっている。

この一連の流れの中で、分断を生もうとする光景・言動が頻繁に見られる。

「学生は社会にコロナを振りまく存在だ」
「学費を返還しない（下げない）のは大学が悪い」
「声を上げた学生には目を醒ましてもらいたい」
「対面講義を開講しないのは大学（教員）がサボっているからだ」……等々。

多数派（声が大きい人々）が正しいかのように認知され、少数派を生贄かのように晒しあげ、多数派の不満を解消しようとする。対話など存在しない、ただ一方的な押し付けの世界。そのような社会が、子ども（教育）に対して「主体的・対話的で深い学び」を求めるなど、なんの冗談だろうか。

他方を貶《おとし》め、一方的に要求を飲み込ませようとする姿勢が、このコロナ禍でますます浮き彫りになっている。相手の事情や都合に配慮せず、ただ一方的に自らの要求を掲げる。その問題の根本には何があるかを考えずに、表面的な観点のみで感情を振りかざす。

その先に何があるのか。当事者同士の対立が深まるばかりで、問題は解決するどころか悪化するだけではないか。自分自身の現状を認識し、自らの弱みとなる部分を正しく自覚した上で、他者の合理性に配慮する。そうした姿勢がより良い解決策を生み出すと信じている。自戒を含めて。


（２０２０年10月記）

ウィズコロナ時代を共に生き抜こう

シンガーソングライター　清水　まなぶ

ＷＨＯのパンデミック宣言から半年、新型コロナウイルスの感染者は世界中でまだまだ増え続けています。これが昔から繰り返されてきた感染症との戦いなのか。感染してしまった方にはお見舞い申し上げると共に、お亡くなりになってしまった方には心よりお悔やみ申し上げます。この半年間、都市によってはロックダウンや緊急事態宣言で自粛を要請したりと対策がとられましたが、時と共に様々なものもあぶり出されてきたように思います。切羽詰まった時の人間の内面的な感情の動きや、医療体制・インターネットなどのインフラ整備の問題。

前者としては、いわれなき差別や誹謗中傷、噂話が広がり自粛警察なるものまで現れる。様々な情報が溢れ、何を信じていいのかさえわからない。そんな中、自分は皆と同じことをしているんだから国や地域のためになっているんだと思っていませんか？　これも一つの正義感から始まっているのだとは思いますが、その行為が人権を傷つけてはいないだろうか？　みんなで寄ってたかって特定の人を晒してしまってはいないだろうか？　さかのぼること戦時下で、戦争の熱に浮かれた人たちが暴走した全体主義に似ている。「贅沢は敵だ！」の号令に誰もが従い、そのまま自由が奪われていく。もっと言えば、15〜18世紀までに全ヨーロッパで4〜6万人が処刑されたという魔女狩りにも集団意識や民衆の原動力が見える。一歩間違うと、この全体主義的な民衆の力は恐い。忖度などのない正確な情報を国が発表してくれると共に、各メディアも不安を煽り過ぎたり売り上げのために面白おかしく演出するのではなく、冷静に感染症との戦い方を共有していただきたいと願うばかりだ。

そして後者としては、医療従事者の皆さんには本当に頭が下がりますが、今回のように未知なるウイルスが現れた時の準備がまるで出来ていなかったということ。研究費の削減もあるだろうが、病院や保健所の対応も様々と聞きます。医療現場も含め圧倒的に人員不足。相談にしろＰＣＲ検査にしろ、感染症の最初の窓口、保健所の数が１９９０年代の地域保健法などにより統合・再編され、それ以降現在では４割以上減ってしまったということも、混乱を招いている一つかと思う。また、いつ新たなウイルスが襲ってくるかもわかりません。軍備防衛にばかりに注目は集まりますが、こういった感染症・新型ウイルスへの対応、医療現場の整備対策を早めにしっかりと進めていただくことを願います。アルベール・カミュの『ペスト』にも「災禍のさなかで学んだこと、人間の中には軽蔑するものより、賞賛すべきものの方が多い」とも書かれています。コロナ禍で小さな幸せを感じやすくなった人も多いでしょう。

当たり前が当たり前でなくなった時、いろいろなものが見えてくる。私たちも今まで様々な会場に人をたくさん集めてその前で歌うということが当たり前でした。しかし3月以降、イベントや講演会などすべてが中止となりました。9月以降、少しずつ行われ始めましたが、まだまだ元通りには程遠い状態。その間、配信ライブやソーシャルディスタンスでのレコーディング、オンライン上でのPRは続けましたが、今までと同じ事が出来なくなった時、どれだけ目の前で歌ったり笑いあったりが楽しいか、あらためて気付かされます。またアーティストの皆さんは一緒かと思いますが、完成品にこのコロナ禍の影響を受けた表現も出てくるとは思います。しかし、「創る」「生み出す」という表現方法はどんな状況であれ変わらず続けられていることと思います。この未曽有の経験を良い方に活かしていきたいですね。
しばらくは治療にしても予防にしても、この手探りの状況が続きそうですが、万が一、ウイルス感染してしまったとしても安心して公表出来て、治療に専念し、社会復帰できる世の中であることと、不確かな情報を元に過度に恐れるあまり集団となって人が人を攻撃してしまうことのないように、感染予防対策を心掛けながらウィズコロナ時代を共に生き抜いていきましょう。

（2020年9月記）

コロナ禍で明らかになった
新自由主義政策が医療・保健・防災・教育を破壊したこと

東京都立大学特任教授　宮下　与兵衛

〈新自由主義政策が社会を変えてしまった〉

１９８０年代から英国、米国、そして日本と新自由主義国家に転換されていきました（ヨーロッパ各国では国民がたたかいを続けています。北欧諸国は福祉国家を守っています）。それまでの資本主義の弱点を社会主義的に修正した「ゆりかごから墓場まで」の福祉国家主義をやめて、「小さな政府」にして「福祉・教育の切り捨て」をして「自助努力と自己責任」にしたのです。国の財産である国鉄・専売公社・郵政などは民営化して企業にしてしまいました。企業の活動には規制を取り払い、「市場原理主義」で弱肉強食の競争をさせて負け組になった企業は淘汰されていきました。企業が儲け第一主義の「非正規雇用（2120万人）」「派遣労働（300万人）」を自由にできるように政府は法律を変え、その結果、ブラック職場が増え、ワーキングプア（年収200万円未満の人。1900万人）、リストラ・過労死が急増しました。

日本では小泉政権から「郵政民営化」など新自由主義政策が本格化し、その後の安倍政権での20年間で政府がやってきた様々な破壊がコロナ禍で明らかになりました。

①医療・保健体制の破壊

医療・保健では全国の保健所が850から472に半減（東京では71から31に削減）。全国の感染病床は9060床から1869床に削減。コロナに対応できない保健・医療体制にしてしまいました。さらに公立と日赤の病院の3分の1の424病院（うち24病院は感染症病床あり）の統廃合計画を2019年9月に発表しています。

厚生労働省は保健所が認めないとPCR検査ができないようにして医療崩壊にならないようにしていますが、国民は発症しないと検査を受けられません。ドイツや韓国などと全く違います。感染症の専門家は、秋冬にはインフルエンザとコロナで大変な事態になり医療崩壊が起きると警告しています。また、コロナによる収入減で、全国の病院の67%、東京の病院の89%が赤字となり、6月のボーナスをカットした病院は全国で34%になりました。

コロナ対策では、経済優先・人命軽視の新自由主義政策をとったトランプ大統領（米）やボルソナロ大統領（ブラジル）やボリス・ジョンソン首相（英）のコロナ対策は失敗して、感染者数は米国1位、ブラジル2位です。ボリス・ジョンソン首相は新自由主義政策を世界で最初に始めたサッチャー首相の「この世界に社会（人々が助け合う公平・平等・連帯の社会）などというものはない、頼れるのは個人と家族だけだ」という言葉を主張していましたが、自ら感染して入院し手厚い看護によって生きながらえ、退院した時には「社会はあった」と記者会見で述べたのです。新自由主義の敗北です。

新自由主義政策によって貧困が拡大し、格差社会となり、富裕層（都市郊外に一軒家）と貧困層（都市中心部でアパート、ホームレスは米国57万人、英国37万人、仏国25万人）の住む場所が分かれ、その貧困層の住む場所でコロナは広がりました。貧困層は健康保険証を持てない（米国3千万人）ためにコロナに感染しても病院に行けずに感染地帯になっています。

世界中で貧困地域が最も感染地域になっています。ニューヨークでは、メキシコ系などのヒスパニックの死亡者比率は全体の34％、黒人は28％です。

②防災体制の破壊

防災体制では、全国103の測候所を無人化・自動観測にしたため、例えば御嶽山の噴火を登山客に知らせることができませんでした。また国有林管理の営林署職員8万1000人を5700人に削減したため、国有林は管理されず荒れ果てて大雨で土石流を生んでいます。長崎大学の国際保健学の山本太郎教授は「最近20年間の新型ウイルスの頻発は地球温暖化による熱帯雨林の縮小、人間の森林破壊などの影響が大きい」としています。

③教育・研究体制の破壊

教育・研究分野では、国立大学や研究機関への運営交付金が2004年の独立法人化から年1%ずつ減らされ16%減となり、1600億円も減らされて基礎研究費がありません(私立は経常費補助金の削減)。そのため基礎研究であるウイルスの研究者は減少しました。また、大学はお金がないために教員の補充が減り、「ポスドク」という大学院を出て博士号を取得しても就職できない研究者が1万人もいます。

GDP(国内総生産)に占める国の教育費の割合は2・9%でOECD加盟国34か国中最下位で、そのため大学の授業料は1970年から50倍(物価は4・2倍のみ)になりました。国立天文台の水沢天文台は無人化され、野辺山宇宙電波観測所は40人から2020年2月に26人にされ、2年後には13人にされてしまいます。国は、大学には〝軍事研究をすれば〝多額な研究費を出す、天文台には人を減らさないと脅してきたのを、国立天文台は拒否し、多くの大学も拒否しています。

政府による一斉休校措置で、休校中の子どもたちに教育格差が歴然と表れました。以前からＩＣＴによる教育（生徒は１人１台のタブレットを持ち、学校でも自宅でもそれで学習できる）を受けていた私立「進学校」、公立・私立の中高一貫校、公立「進学校」では休校中もオンラインのタブレットによって毎日学習できましたが、そうした環境・設備・器具のない公立の学校ではほとんど学習を保障できませんでした。このために、夏休みを削って猛暑の中で授業をさせました。格差は夏休みにも出て、全生徒がタブレットを持っていて休校中も学習できた世田谷区は夏休みが31日間、渋谷区は30日間、タブレットがないために学習できなかった足立区・荒川区・葛飾区・江戸川区などの下町地域の区は16日間になりました。その他の区の夏休みは23～24日が多かったのです。

渋谷区内の全世帯の平均年収は８７３万円、世田谷区は５６９万円ですが、夏休みが16日間だった足立区などはみな年収３００万円台の地域です（２０１９年の年収）。「朝日新聞」に掲載されたデータでは、パソコン・タブレットを持っていない家庭は年収400万円以下では30%、400〜600万円になると半減して17%、600〜800万円が12%、800〜1000万円が10%となっています。世田谷区や渋谷区はタブレットなどを持っていない家庭が少なく、また区の財政も豊かなので、タブレットのない家庭には無償で貸与しました。家庭の経済格差は学力格差を生んできましたが、それが一斉休校によって格差の拡大に拍車をかけたのです。

（2020年11月記）

ひとつひとつの仕事にとても時間がかかるように

医師　あらいぐま

　コロナが流行してから、ひとつひとつの仕事にとても時間がかかるようになりました。急病の患者で、入院や緊急検査が必要な場合は、院内感染を起こさないために、問診や検査などにより、コロナの感染の可能性がないか判断が必要です。その時間がないときは、私たちが重装備して患者対応にあたらないといけません。その間に患者が急変しないか、ひやひやします。

　感染のレベルが上がると、他職種とのカンファレンスも制限が必要です。情報共有が難しくなります。また、とても切ないのが、面会制限です。入院してから家族に会えない患者さんが大勢います。お年寄りには、オンラインの面会はなかなか難しいです。亡くなるときも、これまでのように家族みんなで看取っていただくのが難しいです。

食事をとる際にも、他の職員と話ができなくなりました。飲み会もなく、お互いの考えを共有する機会が減りました。

経済が悪化すると、患者さんの受診が遅れないか心配です。

（2021年1月記）

人との触れ合いが減ってしまったことが私のメンタルを削ぐ

看護師　ぱんだの母ちゃん

〈一度しかない年長さんの行事〉

年長だけが出来る、そうめん流しの係が出来なかった双子

〈感染拡大防止のため、移してはいけない姑に双子を預けて仕事に行くという矛盾〉

エッセンシャルワーカーや医療福祉関係で休めない職種の子は預かってくれるようになり、この半年なんとかやってきました。

常に感染のリスクに晒されながら、そして、私たち自身が感染させるかもしれないと怯えながら、必要な対策を話し合い、実践し、訪問先に伺う日々です。

必要な手袋やマスクといった防護用具がなかなか入手できないこともありました。

ピンチはチャンスとも言います。コロナ禍をきっかけに、様々な社会の歪みが浮き彫り

となり、是正するために、今までの慣習が見直されたりしています。

感染対策においても同様です。何となくマスクして、何となく消毒してというより、しっかりマスクをして買い物に行く、私が普段からやっていたことです。マスクなんて効かない、という考えは覆されつつあります。

園でもこの時期、鼻を垂らして咳をゴンゴンしている子は、滅多に見かけないです。それが良いか悪いかはわかりませんが、コロナと同時に去年のようなインフルエンザによる一家全滅は避けられるかもしれません。

私は医療福祉関係の仕事ですから、不要不急の外出自粛、大勢の集まりに出ない、県外へ行くときは申請するなど規則があります。

一方で世間は、経済を回さなければならないため、人の出入りはある程度緩和されてきました。私たちは旅行に出かけるのも我慢しています。世間は、「GoToキャンペーン」……わかります。観光、旅行、飲食業界は死活問題です。

医療福祉関係者への給付金が出ましたが、しっかりと課税されていました。給付金なのに課税……なんだか悲しくなりました。

いま、自宅の新築のため動き出していますが、打ち合わせ中もマスク。買い物でもマスクにアクリル板。手袋したままの店員さん。〝むしろ不潔〟と思いつつも買い物。子どもを堂々と買い物に連れて行かれません。人と話すとき、いつも薄い膜に隔てられている気分です。ソーシャルディスタンスというものに隔てられていて、私は３密を防ぐために、月１回のママ友会も我慢しています。

世間は色々出かけられるのに、私は我慢の日々です。この日々に慣れては来ましたが、時々無性にいらだつときがあります。

お金をいただけるのはありがたいのですが、何せ人との触れ合いが減ってしまったことが何より、私のメンタルを少しずつ削《そ》いでいっています。

（２０２０年11月記）

子どもたちが全員帰った後は、本当にホッとする毎日です

上高田保育園園長　藤原　睦明

新型コロナ・ウイルス感染症の感染拡大で、私たち保育園従事者は、毎日、緊張と不安の中で生活しております。国・長野市から度重なる「感染予防の通知」「自粛要請の通知」がひっきりなしにきています。

目に見えないウイルス予防対策。慣れない感染予防に、手探りで、毎日を過ごしてきました。

近隣でのクラスター発生には、職員で手分けして、保護者に連絡。手洗い・うがいの習慣化。消毒。職員・保護者には、マスク着用。登園は、毎日、子どもたちに検温、体調の確認。健康チェックシートを保護者に義務付け、来園者にも、体温測定、マスクの着用、氏名・所属の記録を取りました。

園の行事は、ほとんどが中止。卒園式、運動会も時間短縮、保護者を制限してきました。研修はメール研修、オンライン研修になりました。

「第2波」「第3波」と続き、感染者の数に常に気を配り、現在は、子どもの受け入れ、荷物の受け渡しは、すべて玄関で行い、保護者も園内に入れていません。保育従事者は、皆疲れ果てています。もともと保育園は、3密が避けられません。子どもたちには、免疫力を高めるために、食事をよくとり、早寝早起き、野外で、薄着になって遊ぶことを奨励しています。

8月には、市の方に保育者従事者全員の定期的なPCR検査をお願いしましたが〝無理です〟ということでした。

今回のコロナ禍によって考えさせられたのは、医療、教育、介護、保育、障がい者施設、学童保育、福祉の現場の状況は逼迫しているということです。経済中心の政策、新自由主義からの脱却を本気になって、考えるときになったと思います。

また、コロナ感染者や、医療従事者に対する誹謗、中傷についても考えさせられます。皆が、助け合って生きていかねばならないです。

そんなことを考えながら、毎日を過ごしています。子どもたちが全員帰った後は、本当にホッとする毎日です。

（2021年1月記）

学校が子どもたちにとって希望の場であり続けるために

教員・Y

２０２０年2月27日に安倍首相（当時）が突如表明した全国一斉休校の要請は、学校現場に大きな混乱を巻き起こしました。当時、私は小学部6学年を担任していました。卒業まで2週間余り。子どもたちと大切に過ごそうと考えていた日々が目の前から消え去り、大きなショックを受けました。

感染の拡大していない地域にまで一律に休校を要請することは科学的根拠に乏しく、また首相による要請に法的な強制力はありません。それでもほとんどの自治体が一斉休校の判断をしたのは、授業を続けて万が一感染者が出た場合の批判や責任問題に対する懸念があったからではないでしょうか。その一方で、憲法26条で保障されている「教育を受ける権利」を子どもたちから奪ったことに対する責任は誰も取りません。次第に、これは「子どもたちとの大切な時間が奪われた」という感情的な話だけではなく、重大な人権問題なのだということに気がつきました。

障がいのある子どもたちの中には、突然の休校によって生活リズムが崩れ、心身ともに不安定になったお子さんも少なくありませんでした。睡眠が不安定になり、パニックや自傷行為が出てきたなどの報告を各所から受けました。特別支援学校では、家庭の状況によっては「学校を居場所とする」ことも可能となっていましたので、毎日数名が登校してきました。その子たちには、なるべく普段通りの生活が送れるようにしたいと思い、たとえ1名のみの登校でもいつも通りに朝の会や帰りの会をしたり、通常登校のときと同じような日課を組んだりして対応しました。

臨時休校中も保護者の仕事の関係などで、放課後等デイサービスの事業所を利用するお子さんが多くいました。学校に比べて敷地も狭く「密」は避けられない状況であるにもかかわらず、福祉事業所では子どもを受け入れなければならないという方針に大きな違和感を覚えました。学校が責任を丸投げしているようで、申し訳なく苦しい思いでした。

6月以降、通常登校が始まり、学校に子どもたちの元気な声が戻ってきました。この間、ICT教育の必要性が声高に言われるようになっていましたが、今回の相次ぐ休校によってオンライン授業の必要性などがさらに強調されるようになりました。職員間でも、どのようなことができるか検討をしましたが、考えれば考えるほど実際の子どもたちの姿とのギャップが深まるばかりでした。学校という場所の価値を考えたとき、友達や教師の存在は外せません。特に特別支援学校小学部の子どもたちにとって学校は、遊びや実際的な体験を通して人やものと触れ合ったり、人とかかわることの楽しさや心地よさを学んだりする大切な場です。オンラインや自宅での学習をどうするかだけでなく、どのようにすれば安心して子どもたちが登校できるかを考え、感染拡大防止の手立てを最大限施しながら、学校での教育の機会を保障していくことが重要だと感じています。

最後に、日本国憲法で「教育を受ける権利」が保障された後も、障がいのある子どもたちは就学免除・猶予制度の下、学校に行きたくても行けない時期が続きました。「社会に役立ちそうな一部の者を除いて、障がい児に投資する価値はない」とされる中、当事者、保護者、教師をはじめとする多くの人たちの運動によって１９７９年にようやく養護学校の義務制が実現しました。学校に行けることになった子どもたちや家族の喜び、学校に通い始めたことによってぐんぐんと発達していく子どもたちの姿など、当時の記録からは学校の価値とその重みが伝わってきます。「新しい生活様式」のもと様々な制約もありますが、学校現場に身を置くものとして、学校が子どもたちにとって希望の場であり続けるために努力を続けたいと思っています。

（2020年10月記）

子どもがいるから学校がある

学習支援員・T

突然のコロナ休校は、気持ちを大きく乱した。卒業式の迫る6年生。学年を終える準備の1~5年生。毎日笑い合っていた子どもたちと突然の別れ。子どもがいなければ仕事が成り立たない学習支援員は仕事もなくなった。

自治体の配慮で児童館に派遣されることにはなったものの、我が子も休校中であり、家で見なければならないので仕事もままならない日々。それでも、低学年の子どもたちと顔を合わせられるのは救いだった。児童館へ行くために通る校庭では、桜の蕾が子どもたちの帰りを待っているかのように花を咲かせるのを我慢していた。

児童、保護者、教員だけの卒業式も、その日だけの登校。久しぶりに見る顔と、こんな形の小学校最後の日になってしまったことがいたたまれず、私は子どもたちに全く声をかけられなかった。それでも、手紙をくれた子に窓越しからありがとうを伝えると手を振って応えた笑顔が忘れられない。子どもたちの方が、この状況を逞しく乗り越えようとしてるのではないか。

4月は入学式のあとまた2度目の休校。子どもたちがまたいなくなった校庭には、せっかく咲いた桜の花びらが悲しく散っていた。子どものいない学校。

学校とは、改めて「学校があるから子どもがいる」のではなく「子どもがいるから学校がある」のだと思い知らされる。

しかし現実はどうだろうか。

教師のための都合のよい決まり、一方的な授業の進め方、保護者に見栄えの良さを気にする行事。

子どもが本当に学びを楽しめているだろうか。発表の場を作り上げているだろうか。

「小学生のうちは無理なのか?」

そんな自問を続けているが、子どもたちと接するほど、大人の予想を突き抜けるパワーしか感じない。

マスクを徹底することで学校には新たな決まりが生まれている。筆箱の種類、中身の指定、無言清掃、常に子ども同士が取り締まり合う教室で、マスクの着用も加わったのだ。

コロナで生まれた生活習慣の変化は、大人だけでなく子どもたちのこれからにも深く関わってくるだろう。

コロナはどちらのきっかけになりうるか。学校は問われている。

わたしには何ができるだろうか。改めて自分にも投げかけていきたい。


（2020年11月記）

危機の中で

信州の非正規工場労働者、そして信州の政治的文筆家　加藤　太一

関東の地味な大学の片隅で、ボンクラ学生として政治学を学んでいた頃の私に、とある教授が話してくれた事がある。「政治学は今の社会にさして必要とされていないのだ」と。「行政学等の分野は少し事情が違うが、理想の政治社会の形を追い求める政治学は、現実の政治や社会からは寧ろ敬遠されているのだ」と。「だから、社会が君達を必要とする事は、もしかしたら無いのかも知れない」。そう語る教授はどこか寂しげだった。

……政治は、政治学は何と無力なのだろう？　大学を去り、郷里信州の社会に身を投じてから6年半。その間、幾度となくそう考えた。シビアな労働・生活の現状に直面する度に。テレビや新聞が海外の紛争・災害・事件を伝える瞬間も。大切な家族・仲間の苦境を前に、自分の無力さを感じたあの時も。自分達の共同体・社会が不穏な方向に進んで行く

のを、指を咥えて見ている事しか出来ないこの状況においても。

　そして今、私は……私達は感染症拡大に端を発する社会的危機の直中にいる。国内外で多くの人間が感染症に感染し苦しんでいる。経済は危機に動揺し、これまでどうにか誤魔化してきた社会問題の数々を露呈させている。特に多くの困難に晒されているのが中小事業体であり、一人一人が人生を生きている無数の勤労者である。

　失業や生活苦に晒される人々に対し、政治体による救済は後手に廻っている。政治体は既に人間のアソシエーションとしての本質・使命を失いかけているのだ。肥大化・複雑化したシステムによる「管理・統制」と化した現代の政治は、一人一人の成員の声に耳を傾け、協同の力でその苦境・問題を解消する事には極めて消極的だ。今、政治体が優先的に守ろうとしているのは利権や不文律によって固められた経済社会の構造・メカニズム・体制であって、そこに生きる一人一人の人間ではないのだ。

　無力と言えば、大学を去ってから殆どワーキングプアとして生活して来てしまった私も偉そうな事は言えない。今の私は休業の増加によって減額された賃金で生活を成り立たせようと四苦八苦していて、他者の苦境に寄り添う余力も失いかけている。そんな自分に気付く度に、私は情けなくも思うし、酷く寂しい気にもなる。4年間政治学を学び、郷里の社会を知ろうと労働の現場に身を投じたにも関わらず、自分は何と無力なのか。私の政治学は何と無力なのだ、と……。

しかし、私には忘れられない記憶がある。それは家族と過ごした幸福な時間であったり、学生時代の仲間との他愛のない論議であったり、仕事終わりに雑談を楽しんだ師匠や同僚達との思い出であったり。そして、政治学は今の社会に必要とされていないと語った教授が、その後に続けた言葉がある。

「それでも、政治学は自由な学問なんだよ。自分達が生きる政治社会の形について、僕達はどこまでも自由に創造して行く事が出来るのだ。だから、その自由な学問に触れられた事を誇りにして欲しい」

その記憶があるからこそ、私は未だ夢を見続けている。人間の創造的・討議的な活動としての政治の持つ価値を信じている。政治に向き合う市民の思索と行動が、社会を震わせ、人々の自由で水平な連帯を作り出せると信じている。私達の政治共同体・憲章・法制度には人間の苦境を救済する力があると信じているし、その機能を引き出せるのは「特定の人々や機関による、統治・管理としての政治運用」ではなく、「広範な市民による、自治・討議としての政治的活動」なのだと、信じて止まない。故に、私は自らの思索を文章として紡ぎ、社会にそれを投ずる。仮令《たとえ》、この感染症危機の渦中にいようとも。

（2020年11月記）

毎朝配る新聞の1面を見ては思う

ダブルワークをしている主婦

朝刊の配達、日中は配送の仕事とダブルワークをしている主婦です。

バブル時に派手に事業を拡げ崩壊した義兄のあおりを受け、我が家を手放し、子どもがそれぞれになるまでは……と必死に働いて今に至っています。でも、一向に楽にならない暮らし。何故でしょうか？

格差は拡がるばかりです。そこへ追い討ちをかけるような新型コロナ感染症。長引くコロナ禍で雇用は悪化し、非正規労働者や女性、一人親世帯に痛みが集中しているのではないでしょうか？

住むところを失う人たち、空腹を我慢する親子、夢を諦める子どもたち……等々。困窮している人たちを救えない情けない政府。おかしくないですか？　困窮する人たち、底辺にいる人たちに救いの手を差し伸べるのが政治本来の仕事ではないですか？

今、新聞配達の現場は定年してから始める方はほとんどいなくて、30代の配達員さんは男女共にダブルワークだと思います。普通に働いて、普通に暮らせる仕組みにしないと駄目です。少子化が止まらないです。働き方改革で企業が副業を許可……なんて、「社員、食わせていけないのか!?」って！　恥ずかしい話です。

一日も早く、この冷酷な政治が終わりますように……と毎朝配る新聞の1面を見ては思う私です。


（2020年12月記）

困難をバネに

（株）まつり工房代表　北原　永

3、4、5月は仕事がほぼゼロという状況になった。6月に入って少しずつ持ち直してきたが、それでも売り上げは昨年比、半分に届かず。

「まつり工房」は、太鼓を教える仕事をしている。あまり世間にはない職種だ。国内外の100チームほどをサポートし、4人の指導者が、全国に、また海外にも出かけている。このコロナ禍で、太鼓の演奏をするイベントはすべて中止。練習場所を使えず、3か月間は、ほぼ死んでいたようなものだ。

5月には「持続化給付金」、3月までさかのぼって「雇用調整助成金」によってほぼ従業員の給与は満額維持できている。しかし、その他の固定費が、こんな小さな会社でも月、100万円以上必要で、銀行からの2年間据え置き資金を調達。しかしこれに手を付けてしまえば、2年後に返済が始まる。コロナは、誰のせいでもないのだが、「GoToラベル」のタイミングや、マスクが足りてきたにもかかわらず、何百億円もの再発注には呆れてしまった。緊急時、一瞬の判断の甘さは、我々イベント運営などやっている者にとって致命的だ。その感覚から見れば、甘いというほかない。

しかし、こんな小さな会社でも500万円以上の給付をすでに受けている。おかげで何とか生き延びていられるが、国全体では膨大な金額がこのコロナで使われている。日本経済は今後どうなるだろうか?

うちのように助成金をもらえるところはまだいい。文化芸術は、ボランティアに近い、多くの個人の力で支えられている。人が集まり共感する場を失うことは、〝文化芸術の死〟を意味する。しかし、この困難な状況のなか、創造のエネルギーは、さらにそれをバネにして乗り越えてゆくと信じている。

(2020年11月記)

コロナ禍の中で演劇をやっていて感じた寂しさと喪失感

松本市劇団であい舎団員　S・K

私は普段、松本市の芳川《よしかわ》公民館を拠点とし、年に1度のペースで約30年間公演を打ち続ける劇団であい舎に所属し、芝居をしています。劇団であい舎では「基盤は地方（ローカル）に、視野は世界（グローバル）に」を銘に嘘のない芝居づくりを目指し、昭和史などの勉強もしながら、主に社会派の作品を上演し続けてきました。

コロナウイルスが流行り出して、ウイルスの危険性が騒がれ始めたのがちょうど今年の劇団の活動（公演を含めて）をどうしていくかを、劇団員同士で話し合っていた時でした。コロナの影響を危惧し公演は中止に。

毎年公演の期間中は、地元からはもちろん、県外からも多くの方たちが公演に足を運んでくれて、会場の公民館は、いつもの公民館と違う少し特別な雰囲気の場所に変わります。

「やだ～！　ちょっと元気だった？」

「今年もであい舎の公演を見に来られて良かったわね」

「また一年元気に生きて、来年もここに集まりましょうね」

　お客同士の間でそんな会話が飛び交い、再会を喜びつつ、つらかった事と嬉しかった事、それぞれの一年分の出来事をお互いに報告し合うような、ただ観劇をしに来るだけが目的じゃない、充実した交流ができる場に、公民館の一室が変わるのです。芝居を見て深く感動して、誰かと思いっきり話して、会場に来た時よりも元気な表情で帰っていく人たちの姿を見るのが私は好きで、そんな姿を見ていると「今年も頑張って公演をやって良かった」と感じ、こちらも元気を貰えていました。コロナの事があったから仕方なかったとはいえ、今年はそんな大切な場所を作り出せなかった事をとても残念に、そして切なく感じます。

　そんな状況の中ではありましたが、公演は中止になったものの、であい舎では回数を必要最低限に減らし、様子を見ながら劇団の活動を続けることに。しかし毎日のようにコロナウイルスのニュースが流れ、嫌でもコロナウイルスの情報が入ってくる日々が続くうちに、私の胸の内には、コロナウイルスや人と接触する事への恐怖心や猜疑心が生まれてきていて、であい舎のメンバーと、コロナウイルスが騒がれ始める前のような距離感で交流をしたり会話をする事が出来なくなっていました。厳しい稽古を何度も一緒に乗り越えながら幾つもの世界を創りあげ、時間をかけて親しくなった相手を、疑いたくないのに疑ってしまう。怖がってしまう。それは劇団のメンバーだけではなく、劇団以外の他の人たちに対しても同じでした。今は「コロナウイルスと共生していくしかないんだな」という思いが私の中にあるので、必要以上にウイルスや人との接触を怖がらなくなったけど、あの時はその事が一番辛かったです。あの状況の中で私は簡単に人への信頼感を失いそうになったし、そんな自分の酷さを自覚し、また楽しく人と会えるようになるまでに、けっこうな時間がかかってしまいました。今回気がついたそんな自分の一面にショックを受けたけど、その一面をしっかりと自覚して、今後は気をつけていきたいと思います。そのうちに松本市内の公民館が休館となり、であい舎の活動も数か月間止まる事になりました。現在は少しずつ、活動を再開させています。

たとえコロナウイルスが落ち着いたとしても、これからはきっと以前と同じようなやり方や、距離感で稽古をしたり公演を行うことが出来ない。今までお客や劇団員同士で時間をかけて積み上げてきた、やり方や馴染みのある距離感を変えたり捨てなければ、芝居を続けられない。目まぐるしいスピードで変化していく演劇界や世の中で、正直、取り残されてしまったような感覚と寂しさ、喪失感が私の中にあります。胸の内の情熱はそのままなのに、この流れやスピードに乗っていけない人たちはどうなるのだろう。

このコロナ禍の中でリモート演劇等が生まれ、現在もフェイスシールドのようなものを利用したり、こまめな換気や人同士の間隔や距離に気をつけるなど、様々に対策や工夫が重ねながら演劇の稽古や公演が行われています。今回のコロナのような事や戦争、他にも大きな事件が起こった時には一発で「演劇なんて必要ない！」「無くなっても誰も困りはしない！」と切り捨てられるか、権力者の道具に使われる危うさを演劇は抱えていると思いますが、「これからどうしていけば良いのか」「今、自分たちに出来ることは何か」を皆それぞれ考え、この状況の中で頑張っています。コロナ禍の中で演劇をやっていて感じた寂しさや喪失感から逃れる事は出来ないけれど、私も自分に出来る精一杯の事や、やってみたい事をしっかりと考え行動にうつして、少しずつでも進みたいです。

少し話が逸れますが、コロナ禍の中でハッキリと見えてきた様々な課題はもちろん、戦争や憲法のこと、過去の過ちがなかなか活かされない原発や、環境破壊がジワジワと進行中の地球のこと、人知れず切り捨てられる人たちがいて、亡くなる人が後を絶たない社会や世界を見ていると、この世界に対して終末を感じるし「経済成長」という言葉に虚しさを感じます。命の価値が経済成長よりも軽い今の仕組みの中での成長は、もう限界地点に来ていると個人的には感じています。今のような社会を作ってきてしまった一人の大人として感じている、若者や子どもたちに対しての責任感はとても重たいものだけど、一日一日を一生懸命に生きている子どもたちや若者を見ていると、自分と他人の命の両方が大切なものだと実感を持てるような、生きてて良かったと思えるような社会を遺してあげたいと、切実に感じるのです。

（２０２０年10月記）

子ども劇場とコロナ

更埴子ども劇場　金子　明子

子ども劇場の活動は、優れた児童文化に接することによって、豊かな心を持ち、健康で創造性に富んだ子どもに育成することを目的に、2本の柱があります。一つ目は、プロの劇団の公演を会員全員で集まって観る鑑賞活動。二つ目は、仲間と集まって遊びを中心に創り上げる自主活動。どちらも密集し、密接、密閉になるいわゆる3密の活動です。むしろ、劇場から3密を取ったら何も残らないと言っても過言ではありません。ですから、今回のコロナは日本全国の子ども劇場にとっても劇団関係者にとっても大打撃。存続の危機すら頭をよぎりました。会議はオンラインで行い、全国の劇団の方々ともオンラインで会話をし、直接会えないが画面越しにつながる日々。

そんな中、流行がやや収まりつつあった6月下旬に、3月から延期になっていた鑑賞会をなんとか開催できました。密を回避するために野外ステージでの太鼓の演奏。久しぶりに会う会員同士の交流、素晴らしい生の演奏、拍手喝采、観終わった後の高揚感、みんなの笑顔……生のステージをみんなで観ることが出来る幸せをかみしめました。

生の舞台は、上演する人がいて、観る人がいて、そこに生じる空間がないと成立しません。3密でかつ必須アイテムが3つ。コロナ対策の対極にあるようなものです。

コロナ禍において、命の危機の前では不要不急なもの、無駄として省かれてもしかたない「文化芸術」。確かに後回しにされるものかもしれませんが、そこから3か月離れてみて、やはり人が心豊かに生きていく上では必要不可欠なものということを再確認しました。感染対策をしっかりして、コロナと共存しながらもこの活動を存続させていくことを模索していきたいです。

そして、時代に逆行しているかもしれませんが、実体験の共有を通して、顔の見える相手との確かなつながりを持ち続けていくことが、コロナ禍においての子ども劇場の役割なのではないかと思っています。

（2020年11月記）

にっこりひろばの活動を通して

にっこりひろば代表　岡宮　真理

「にっこりひろば」は長野市立三本柳小学校の近くにあり、子どもを中心とした地域の居場所づくりの活動をしています。

平日の放課後（現在は週1回夜も）、施設を開放してどなたでも利用できる場所です。

活動を通じ、特にコロナ禍で感じたことをお伝えしたいと思います。

3月から5月の臨時休業では、「家族が家の中で過ごす」ことを強いられました。

児童センターと子どもプラザに通っている児童は、お弁当を持って来ている分、毎日の様子が分かって良いのですが、それ以外の家に閉じこもっている児童は何をして過ごしているのか、ごはんは食べているのかなど見えないから心配になると、あるセンター長さんからの声もありました。

毎日3食の用意、食費がかさんで大変と保護者からの悲鳴のような言葉も聞こえて来て、私たちにできることを考えました。（当時はにっこりひろばは一般利用は休業し、自宅で過ごすことが困難な児童の預かりを行っておりました。）

そこで、給食費よりも安い「こども弁当」を200円で販売することにし、子どもだけでも歩いて買いに来られるようにしました。三本柳小学校に協力をいただき、就学援助を受けている家庭には無料でその弁当を渡せるような工夫をしました。毎回限界数の50食を用意しましたが、予約はすぐにうまります。子どもから直接の予約もありました。

怒りは弱者に向かいます。少しでも誰かのストレスを減らしたい思いで行ったことで、これがどのような成果につながったかはわかりません。ただ一部の家庭を無料にすることは行政としては特別扱いとなり、平等という名の垣根を取り払うことはとても困難だという現実を知りました。

にっこりひろばの活動にあたり、「寛容な社会・まちづくり」が一つの目的にあるのですが、現在の状況はその逆に向かっていると感じたこともありました。

自粛開けまもない頃に、あるお母さんがポツリポツリと話してくれました。

「ずっと家にいてばかりで体力の低下や運動不足が心配。だからアパートの敷地内だったら外出してもいいかと思って、1日だけ縄跳びをやった。そしたらアパートの管理会社から〝子どもを駐車場で遊ばせるな〟と連絡が来た。私の判断のせいで子どもが悪く思われて、本当に子どもに申し訳ない」

そのお母さんは普段から人に迷惑をかけないようにと過ごされている方です。ですので余計にこの出来事が辛く感じられたのか、6月頃のそのお子さんもとても萎縮しているのが感じ取れました。

このご家庭に限らず、自粛開けの頃の子どもたちは声も出ずとてもおとなしかった印象が残っています。最近はようやく普段の姿になってきたように思えます。

6月から現在まで、放課後の利用は子どもが10人を目安に人数制限を行っています。昨年までは、多い時には30人ほどが同じ部屋にいるものですから、にっこりひろばはすぐに密になってしまいます。子どもの利用を増やすには、ボランティアスタッフも増やさなければなりません。感染防止の意味では、人数制限は必要と判断しました。

しかし、そうなるとにっこりひろばに近い家の子ですぐにいっぱいになってしまいます。こちらが居場所が必要だと感じている子がなかなか入れません。そんな子に限って群れをなしてくるものですから、何度か〝ごめんね〟と断ってしまっています。〝1人か2

人で来てくれたら入れるよ〟とそっと言っていますが、実は気になるのは群れのその全員で、彼らに他の場所で会える頻度も多いわけではなく、どうしたものかと気を揉んでいる次第です。

台風災害の時もそうでしたが、コロナ禍においては平時からの繋がりがとても大事だと改めて感じたこと、そうは言ってもこれからの関係づくりを諦められるわけではありません。コロナで外に出られない時、家族の過干渉（かつ放置）でストレスを抱えている児童が逃げるように、にっこりひろばを利用していたこともありました。

ここが「誰かにとっての安心して過ごせる場所」であり続けたい。そう思ってこの活動を地道に続けていこうと考えています。

（２０２０年11月記）

「必死」という単語がピッタリです

相談支援専門員　ろぜっと山口

障がい者の支援をしています。

プランナーという仕事を6年間と、要約筆記という活動を30年間やってきて、今回のコロナ禍で感じたことを何点か。

医療的ケアが必要な方は命に関わるリスクが格段に上がるわけですが、そうしたケースも多数、また重い発達障害に知的障害を重複しているケースも多く、そうした方々がもし感染したら？　介護者が感染したら？　と不安ばかりです。また、視覚障がいをお持ちの方も、この感染症の流行で、手で触れて確認されることから起こりうる感染リスク、耳が頼りの視覚障がい者も、マスク越しだと声がこもってしまって聞きづらいなどと訴えていらっしゃいました。聴覚障がい者は、聞き取れない部分を口の動きを見ることで補っていますが、マスクが常態化している状況では、これまで以上に情報を確保することが難しくなっているとのことです。

「自分の生活はどうか？」ですが、基本的に、私の仕事も介護や医療と同様、点数で計算し、国保連合会に請求して通れば口座に振り込まれるのですが……自粛の影響は大きく、いろいろな加算をつけることができず、収入減です。

この請求の制度は、大きい事業所は同じ仕事をしても点数が高く、自分のように個人でやっている場合は、非常に点数が低く、収入は少なくなります。それをカバーするための加算となる研修や資格取得にも積極的に取り組んできて、加算につなげてきたのですが……コロナ禍では実際に顔を合わせてお話を伺うことも自粛、重度の人は特に高リスクなので、会って状況を見させていただくことはかなり難しい状況、そんな中でもサービス利用のための支援会議を行うとなれば、マスクや換気、人と人の間隔をあけるなどの配慮が必要で、日時の調整だけではなく、会場や参加者人数の制限などもしなければなりませんでした。高リスクのご利用者様の場合には書面で状況を提出していただき、電話でお話を聴き取り、それらをまとめて報告書にして行政に提出。とても時間がかかり、困難な作業となりました。

個人経営ですから、事業収入が減れば運営に必要なお金は自分で負担していかなければならず、食うや食わずでやってきたのが現実です。〝持続化給付金の申請を〟とよく言われるのですが、条件が厳しくて使えず、銀行等から安い金利で借金、それも税金であっという間に取られてしまい……結果、食べずに堪えるという方法しかありませんでした。

さらに悪いことに、わずかでも副収入となっていた要約筆記の派遣も、各種大会が中止となった影響を受け、全くなくなってしまいました。

どれだけ「死にそうだ」と騒いだか……どれほど「死んでしまいたい」と思ったか……「必死」という単語がピッタリです。「必ず死ぬわ」……って状況です！　まだまだ継続しています。

そんな庶民の生活は考えもせず、GoToだ？　まずはコロナを何とかして欲しいです。重度の障がい者の辛さ、視覚や聴覚に障がいのある方の苦悩もきちんと把握し、その支援にあたっている人にも手厚い給付等を求めたいところです。

政府にはもっと「公助」に力を注いで欲しいと感じています。すでに自助は十二分に行っていますから！　政権がすべきことを至急行って欲しい、こんな政治しかできない政府を野放しにしていることは、自分の首を絞めていることだと感じざるをえません。

政権交代を切に望んでいます。しっかり選挙に参加することが如何に大切か、その重要性がもっと広がると良いなと思っています。

（2020年11月記）

若い世代が未来見つめる社会にしていかなくては

美容師　Ｓ・ねこ

私が政治に関心を持ったのは数年前で、認識が浅いのですが、自分が最近感じたことを綴らせていただきます。

コロナ禍の影響は想像以上に強烈で、生活が変わってきています。表面より、もっと深いところです。公務員や、ＩＴ系のお仕事の方々は出社形態が変わるに過ぎないかもしれませんが、サービス業自営業。人が関わる仕事は収入がなくなるかもしれない、危機です。

今は、期間限定の体をそうしていますが、深い根の部分でだいぶ影響を受けています。そのダメージの中、納税は変わらずやってきます。猶予はあっても、必ず払わなければいけない。昨年度の収入査定で出されたものを、余裕がない小規模、中規模店や業種は借金してまでも払うことになるかもしれません。その借金を返すあてさえなくなる方もたくさん出るのでは？　と懸念します。廃業、個人資産を売るなど、方法はありますが。

幸せに普通に暮らしたいがために働いていたにすぎないのに、なぜこのようになってしまうのか？　自治体や政府は人々の暮らしをどう思っているのか？　本当に疑問です。

私の祖父は、遠くウェイク島の戦いで戦死しています。残された家族はそれは大変で貧しく苦労したと、亡祖母や父から聞きます。

その時とは違う状況ですが、今も政府の曖昧な政策に翻弄され、悲しい思いをする国民の図式はなんら変わってないように思います。

民主主義とはどういうことなんでしょうかね？　これから先、若い世代が未来を見つめる社会にしていかなくては……と思うのにさらに程遠くなっているようで切ないです。

せめて黙って耐えるより、国民の意思をもっと世論で伝えていくことも大事なのでは？　と思っています。

暗い文面になりましたが、明るい社会、みんなが笑顔になれる生活になれるよう願っています。私ができる何かを探していきます。

（2021年1月記）

料金受取人払郵便

長野東局
承認
592

差出有効期間
令和7年8月
31日まで
(切手をはらずにご投函下さい。)

郵便はがき

3 8 1-8 7 9 0

長野県長野市
柳原 2133-5

ほおずき書籍㈱行

郵便番号 □□□-□□□□

ご住所　都道府県　郡市区

電話番号 (　　　) —

フリガナ お名前	年齢 歳	性別 男・女

ご職業

メールアドレス　新刊案内メール配信を □希望する □しない

▷**お客様の個人情報を保護するため、以下の項目にお答えください。**

○このハガキを著者に公開してもよい➡(はい・いいえ・名前をふせてならよい)

○感想文を小社webサイト・パンフレット等に公開してもよい➡(はい・いいえ)　※匿名で公開されます

愛読者カード

タイトル	
購入書店名	

●ご購読ありがとうございました。
本書についてのご意見・ご感想をお聞かせ下さい。

●この本の評価　　悪い ☆1 ☆2 ☆3 ☆4 ☆5 良い

●「こんな本があったらいいな」というアイディアや、ご自身の出版計画がありましたらお聞かせ下さい。

●本書を知ったきっかけをお聞かせ下さい。

□ 新聞・雑誌の広告で（紙・誌名）＿＿＿＿＿＿
□ 新聞・雑誌の書評で（紙・誌名）＿＿＿＿＿＿
□ テレビ・ラジオで　□ 書店で　□ ウェブサイトで
□ 弊社DM・目録で　□ 知人の紹介で　□ ネット通販サイトで

■ 弊社出版物でご注文がありましたらご記入下さい。

►別途送料がかかります。※3,000円以上お買い上げの場合、送料無料です。
►クロネコヤマトの代金引換もご利用できます。詳しくは℡(026)244-0235までお問い合わせ下さい。

タイトル＿＿＿＿＿＿＿＿＿＿＿＿　＿＿＿冊

タイトル＿＿＿＿＿＿＿＿＿＿＿＿　＿＿＿冊

私の頭がおかしいのだろうか？　誰か教えて欲しい

製造業　ふたば

〝何か変な病気が中国で発生してる〟とネットで読んだ時には、実はそんなに心配していなかった。軽く見ていたわけではなくて、日本は対応できると思っていたからです。

何年か前に「鳥インフルエンザのような新型のウイルスでパンデミックが起こったらどうなるのか」のような特集を観たことがあって、国や自治体の対応、そして個人で準備しておくものや心構えなどに細かく触れられていた。私は個人で出来る防御として毎年必ず消毒用アルコールは用意していたし、マスクも会社でインフルエンザ予防に付けるように指示されるので買い置きがあった。だから本当に心配はしていなかった。日本は対応出来る能力があるから大丈夫。

でも日本に初の感染者が出る頃から「どうして？」ばかりが口をついて出てきてしまう。

どうして隔離しないのか、どうして検査を広げないのか、どうして人の動きを制限しないのか。理解できない事ばかりが起きていて理解できない自分がおかしいのかとも思ってしまう。感染を広げないためにする事は決まっているはずで、ただその通りやればいいだけなのに、どうしてそうしてくれないんだろう。やる気がないのか、やりたくないのか、面倒くさいのか、どうでもいいのか、本当に国会議事堂に行って聞いてみたいくらい不思議でしょうがない。

田舎に住んでいると、親と同居の3世代家族は珍しくなくて4世代すら珍しくないし、兄弟がみんな都会に出て行ってしまって嫁ぎ先の親と実家の親を両方見なくてはいけない人がたくさんいる。みんな「年寄りにうつったら大変！」と頑張って対策をしている。会社の人は市外に一度も出ていないという。都会の学校に行った子は「婆ちゃんに何かあったら困る」と春からずっと帰ってこないと聞いたし、娘の同級生でこの春都会に就職した子は年寄りを心配して帰ってこさせないようにしているという。我が家の子どもは地元で就職したので、連れ立って買い物をしている時に会ったりすると申し訳ない気持ちになる。

みんな寂しい思いをしながら、不安を抱えながら、ストレスを溜めながら、年寄りや子どもを守るために本当に頑張ってきたのに、なぜ、「GoTo」？・？・？・

高齢者が多い田舎、自分の家に居なくても隣近所に居る爺婆まで心配し、施設や保育園に勤めている人がいるお宅にはマスクしてアルコールを持って玄関口でなるべく早く用事を済ませるようにしてきたのに。

土日になれば地域の年寄りが老人カーを押してトコトコと買い物に行くスーパーに、一目で都会の人と分かる人たちが〝野菜が安い〟と喜んで買っている。道の駅などは見たこともない珍しい地名のナンバーの車まであって、日本中が動いているのがよく分かる。

県外の人を決して〝ウイルス扱い〟しているのではない。自分たちが今までしてきたことがまるで馬鹿みたいだから悔しいのだ。

ヨーロッパではまたロックダウンし始めた。まだ冬は始まっていないのに。それでも日本は「GoTo」。一体私の住んでいる国はどうなっていくんだろう。それともこんな風に考えている私の頭がおかしいのだろうか？　誰か教えて欲しい。

（2020年11月記）

とりあえずは、わが身を守るための行動をとろう

パート従業員　路傍の土

私は東信地方の小さな会社でパートで働いています。

今までいろいろな会社で働いてきましたが、その中でも人間関係においてはどこよりも恵まれた環境で仕事ができていると感じています。

ただ、この新型コロナウイルスが世界中を騒がせるようになってから、その良いはずの人間関係に、なんとなく居心地の悪いものを感じてしまっています。

仕事中はみなマスクをしていますが、昼食の時間はコロナ以前と同様に、1つの部屋に集まり、全員でテーブルを囲んで食べています。当然マスクを外して食事しますが、特に換気もしていないようです。

私は、夫が仕事で首都圏へ行くことが多いため、昼休憩のこのスタイルに危険性を感じ

てそこに加わることをやめました。万が一、感染していた場合を考えてのことです。

水場にある共用のタオルも、以前から全員で同じ物を使うということに違和感を覚えていたので、これを機に使わなくなりました。自分のハンカチを持っていれば済む話ですから。


この会社の人たちは、新型コロナは別に怖くない、自分はかからないと思っているのだろうか、と思っていましたが、同僚たちと話すと、それぞれは不安に思っているようですし、都会からの旅行者が飲食店でマスクをせずにお喋りをしている姿を不快に思ったりしているようなのが分かりました。

不安や恐れはあるのに、実際の行動には「自分たちは大丈夫」「この会社の中だけは大丈夫」という意識があるように私には見え、そのズレに、私は一人、戸惑いを抱いています……。外部からの人の出入りはほとんどない職場ですが、もうすでに誰がどこで感染していてもおかしくない状況です。「大丈夫」に根拠があるようにはとても思えません。

「きっと大丈夫」というのは、お互いを信用してのことなのか、大丈夫だと思い込みたいだけなのか。でも、もしも誰かが知らずに感染していたら、マスクを外して換気もせずに近い距離で喋りながらお昼ご飯を一緒に食べている人たちは、どうするつもりなんだろう。全員が出社できなくなって、仕事は回らなくなるけれど、そういうリスクは考えないんだろうか……。

そういう気持ちを抱くことは、独り善がりなのかもしれません。危機感や警戒心の持ち方は、個人差が大きいのだとつくづく感じます。一人もやもやしながら働く日々ですが、とりあえずは、わが身を守るための行動をとろうと思います。

（２０２０年11月記）

体罰について語ります

すあま

おとなの6割は体罰を容認している（2020年）というニュースが少し前にありました。2004年の「朝日新聞」の調査では7割が体罰容認でした。少しずつですが減って来ています。厚労省も「子どもの権利が守られる体罰のない社会へ」をうたっています。

日本人はいつから子どもを叩いていたのかを調べたことがあります。軍国教育の鉄拳制裁あたりからのようです。それまでは日本は子どもを驚くほど大事にする国だったようです。

まず体罰とは、痛みと恐怖で子どもの言動をコントロールするものです。だから怖い人の前では怖いからおとなしくなります。すると殴ったおとなは自分の威厳を保てた、自分には指導力があると勘違いします。

しつけと体罰の違いは、体罰は痛みと恐怖を与える。これは暴力です。しつけとは自立できるようにやり方を伝えるもの。子どもの心を傷つけるやり方をしないものです。

体罰の脳への影響についての実証結果を２００８年に発表した友田明美先生。体罰が脳の萎縮や、多大なストレスにより健全な発達を抑制することを発表しました。

森田ゆりさんも体罰の問題性を著書で伝えています。体罰をされている子どもの話を聴く機会があります。小さい子どもだけでなく小・中・高校生がおとなから殴られています。

「ずーっと殴られる」

殴られてもいい子どもなんてこの世に一人もいないよ。

「もう痛みは感じない」

自分の気持ちを感じなくしていると、嬉しい気持ちも感じられなくなってしまう。それはとても悲しいことだよ。

「自分が悪いと思っている」

殴られる理由を見つけないと苦しくて生きられない。殴られない生活があるなんて考えられない状況です。

この世の中に殴られていい人間は一人もいません。ＤＶ環境の子どももたくさんいます（心理的虐待）。みなさんの身近にいる子どもたちは、もうここに存在するだけで大切な人間です。家が安心な場所でない子どもに、みなさんは何ができると思いますか。もしかしたら何もできないかもしれない。

けれど、学校の先生は子どもを気にかけてください。虐待を受けている子どもが多くいます。地域のおとなは子どもに「おはよう」「いってらっしゃい」「おかえり」と笑顔で声をかけてください。児童相談所に連絡してください。親子が社会資源につながるために。小さいことかもしれないけれど、私たちにできることはいくつもあります。

「私、叩いてしまう」というおとなは一人で悩まず、「困っている、助けて」と周りのおとなに助けてを求めて欲しいです。

暴力のない社会は、きっともっと暮らしやすいでしょう。

暴力は必要悪だし、無くなりはしないと言ってくる人もいます。でも、自然災害ではないんです、体罰や暴力は。人間がしていることだから、微々たる力でも仲間を増やして、おかしいことにはおかしいと抵抗していきたいです。

（２０２０年12月記）

〔追記〕
２０１９年の改正「児童虐待防止法」（２０２０年４月施行）の第14条で、親の体罰禁止が明文化されました。

コロナ禍での学校の様子と、私の気持ち

上田市・でー

その日は突然やって来ました。

全国一斉休校。

最愛の母の葬儀の朝、「教室の荷物を取りに来れますか?」と、学校から。明日から卒業式まで一斉休みになるかもしれないので、とのこと。

〝かもしれない?.?〟午後の緊急会議で決まるらしい。あまりにも急な事で、学校もかなりバタバタしていました。

とりあえず喪服のまま、娘と荷物を取りに学校へ。

校舎を出る時、娘の後輩の女の子が見送りに走って来てくれました。あまりにも急なお別れに彼女は泣いていました。

その時は既に、卒業式は在校生抜きで行う事が決まっていたので、休校が決まれば、他学年のお友達とは、今日限りで会えなくなります。突然、もう明日から会えない状況。

彼女は、私たちの車が校門を出るまで見送ってくれていました。

娘の哀しそうな横顔を見ながら、一斉休校に驚きはしたものの、私は母の葬儀の事の方が頭の中の大半を占めていて、ただただ、

「安倍ちゃん、今までコロナ対策、後手後手だったのに、学校の一斉休校はいきなりだな！」

と思うのみでした。

しかし、娘は最愛の祖母を亡くした悲しい最中、お友達と過ごす卒業までの大切な数週間も一瞬にしてなくしました。

娘だけでなく、全国の子どもたちが一斉に同じような体験を余儀なくされました。

高校の入学式も、新入生だけ。付き添いは一家で1人ずつ。校門で娘と一緒に記念写真を撮ることもできませんでした。

新入生歓迎会も、今年はなし。入学式が行われただけでもありがたいと思う状況でした。しかし、数日登校したら、また休校に。

1か月半の自宅待機&自宅学習の日々。新しい教科書をスタディサプリだけを頼りに学習。そして膨大な課題の山。終われば次の課題。初めは張り切って勉強していた娘も、1回、2回と休校期間が延長される度に出される山のような課題に〝疲労感増し増し〟の様子でした。

スタディサプリだけで先生の授業なしで教科書を進め、それに対しての課題がどんどん出てくる状態です。

そりゃあ疲れますよね。

受験生の頃よりも、何倍もの勉強漬けの日々でした。

その後、分散登校を経て6月からやっと普通登校になりました。

学校の状況はこんな感じですが、休校という措置が必要だったのかどうかは、今でもわかりません。

社会においても、学校、家庭においても、どれだけ臨機応変に対応できるか、ですね。

政府の対応については、言いたい事が山ほどあります。

毎度毎度、経済を優先させるあまり、対応が後手後手になって、結局、優先させた経済も、どちらもどうにもならない状況に陥ってしまう。連日、感染者数最多を更新する異常事態の中、医師の忠告をきかずに、「GoTo」を止めない政府（２０２０年12月13日現在、やっと首都圏のみ一旦停止になりましたが……）。

こちらとしてはバーンと補償を宣言し、緊急事態宣言を、というのが理想ですが、それをやらないのは、オリンピックの延期開催に伴う莫大な出費もひとつの理由ではないかと勘ぐってしまいます。

「がーすー」こと菅総理に代わっても、国民を守る気のない政府、と見えてしまう。

今、一番気になるのは、医療従事者の方々の疲弊です。とても心配です。

今後、「GoTo」の再開は、医療従事者の確保、医療従事者への手当てといった医療体制をしっかり整えてからにして欲しい！

以上が、コロナ禍での学校の様子と、私の気持ちです。

（２０２０年12月記）

山本鼎の精神を引き継ごう

上田市・でー

小学校の時の、担任の先生が、今思えば、山本鼎の、精神で。葉っぱは、みどり、って
決めてねーか？　よーくみてみろや、いろんないろが入ってるよ、と。
それから、みんなは一人一人、見え方が違うだろ？　皆、おなじに見えるはずはないぞ。
感じ方はひとそれぞれだから、自分の目に見えた色でかけよー、って。
間違いってのはないんだぞ。みんな、正しいの、って言われて、子どもごころに目から
ウロコで
考えてみたら、私も、教育実習中に、生徒たちにこの言葉を伝えていました！（笑）
周りや自分の子にも（笑）
感じた色で、描いてごらん、って。

生前、母が山本鼎、農民美術がいかにすごいか、よく語っていました。

（2021年1月記）

※上田市ゆかりの芸術家、山本鼎は、手本の模写が主流だった図画教育に異議を唱え、絵を描く技術、方法が重要ではなく、自分の目で見て感じたとったものを描くことが、児童の発達に大切であると説く「児童自由画教育」、信州の農民の長い農閑期を有効に生かし、充実した農民生活が国のためになると「農民美術運動」を提唱した。

コロナとデモ

原発に頼らない未来を創ろうプロジェクト 代表　田澤　洋子

コロナウイルスは私たちの生活の中に深く入り込み、市民が声をあげる手段の一つであるデモでさえ中止せざるをえない状況になりました。

私たちが主催する長野市の脱原発金曜デモは原発事故の翌年２０１２年7月から始まり、雨の日も風の日も盆も正月も休まずに続けてきました。しかし5月に緊急事態宣言が発令され、私たちは金曜日の集合時に相談をし、しばらくデモを中止することにしました。

緊急事態宣言に強制力はありません。無視したからと言って罰則もありませんが、私たちがデモをする目的は3・11の事故を過去のものにしないため、原発事故の恐ろしさを思い出させ、エネルギー問題を常に考え続けてもらうためでもあります。

それにはデモに対する市民の暗黙の了解が必要です。

「この大変な時に何をやっているんだ」

と反感を持たれては、デモをする意義が失われてしまいます。

中止にした理由がもう一つあります。常識的なことですが、ウイルスを広げないために人の移動や集まりを止める必要があります。でも、人は周りの状況に流されるものだから、たとえ緊急事態だと偉い先生が言っても、繁華街や駅前が賑やかだと〝みんなが出ているから大丈夫じゃないか〟と勘違いしてします。

そして、私たちのデモグループもその賑やかさの一端を担っていることは間違いありません。

6月から再開した金曜デモは11月に再度中止になり現在まで続いています。

人命より原発、コロナより経済を選ぶ政権と「GoTo」に踊らされる国民。

連日会食をする総理を見て、たとえ年末年始に「GoTo」を止めても忘年会・新年会・都会の学生が親元で迎える正月を止めることができないだろうと予想されます。

死亡者が出る度に、何故もっと早くに「GoTo」を止めることが出できなかったのかと悔やまれてなりません。

（2020年12月記）

頭から離れない父の看取りの日の事

サクラ

「そんな出来事があって普通でいられない事は正常だよ」

耐えきれずに神経内科に行った際に、医師に言われた。

毎日目の前にある、しなきゃいけない事をただひたすらしているが、何かが違う。私の中で何かが欠けているような、うまくまわらない嫌な感覚がずっととれない。

ふとした瞬間や、寝る前……。

どうしても頭から離れないのは、父の看取りの日の事……。

父はがんだった。発見当初からかなりの大きさだったが、抗がん剤で少し小さくなり希望が見えたり、転移が確認され、また希望が見えなくなったりを繰り返していた。

けれど胆管がんが治療できない状態になり、黄疸が出てしまった。医師から〝年は越せないかもしれない〟と12月初めに言われてしまう……。

父はしばらく自宅にいたいとのことで、在宅医療で診ていくという判断に。麻薬も貼るタイプと飲むタイプが出された。終末期を自宅で……。私は不安でいっぱいだったが、動けなくなったりひどい状態になったら、いつでも病院に移せるとの話だった。

都外にいる私はその日、帰りの新幹線で悔しくて一人泣いた。あと数週間しかない……。でも、〝まさか〟という信じられない気持ちもあった。自分がすべき事もわからないまま、子どもたちと止めることのできないいつもの生活にとりあえず帰った……。

毎日父に連絡をし、行ける時は東京に行った。コロナ禍で身動きも取りづらい。細心の注意を払いながら。兄にはできるだけ付いていてもらった。もう兄も私もギリギリの精神状態だったと思う。

だけど、父はこの時きっと、もっともっと何百倍も辛かっただろう……。現役で仕事をしていたため、仕事の事もしきりに気にしていた。

日々、父が食べられなくなっていく。動くのも辛くなってきている。兄からあと数日かもしれないとの電話……。そう言われても信じられなかったが、父は数日前よりだいぶ悪くなっていた……。

苦しそうで辛そうで、医師が来て、私は入院を希望した。この状態で家では不安しかなかった。苦しみも緩和して欲しかった。が、医師も看護師もコロナのせいなのか、妥当な判断なのか、私にはわからなかったが、このまま自宅で看ることを勧められた。

兄は仕事があり、とても一人にしておけず、泊まる予定ではなかったが、夫に子どもを頼み、急遽泊まることに。

痛がる父に麻薬を飲ませ身体をさすり、不安で看護師に電話するも、入院しても同じことをするだけなので、娘さんがしてあげてくださいと。

のたうち回る父に何もできない私。麻薬が足りない？　もっと飲ませていいの？　どうしたら苦しみが緩和するの？　看護師に聞いたとおりにやってるはずなのに……。

我慢強い父がものすごく苦しんでいる……。

真っ黄色な目でたまにギョロっと私を見た。

バットで身体を引っ叩きたいくらいだとボソッと言ったり、突然、孫のことを「七五三か？」と気にしてみたり、アンモニアが頭に回り出しているのかもしれない。だけど私は医師ではないから何もわからない。

私は怖かった。父が別人のようだったし、自分が何をしたら父が楽になるのか何もできない自分に失望しながら、私は部屋を少し出て、居間から父を見た。少し父が変な呼吸をしていた。慌てて看護師に電話する。それは顎呼吸、最後の呼吸だから近くにいてあげて。何で？　急に？　もうすぐ死ぬの？

意識が無さそうだった。さっきまで苦しがっていたのに、私は頭の中がパニックだった。

お父さん！

待って！

その時、夢中で私は父に何か言ったような気がする。

幼い頃、可愛がってくれたが、離れていた時間が長かった父。

お父さんを私が探したんだよ？　すごいでしょ？

なんか、そんな事言った。

伝えたい事、たくさんあったはずなのに、伝えられないまま父は息をしなくなった。

涙で溺れそうになった。息ができない。自分の嗚咽が部屋に響いていた。

家で看取るということ。病院で看取ったことのない私だから、その辛さはわからないけれど、想像を絶するほど私は辛かった。医師や看護師に頼ることもできない。

自分がなんとかしなきゃいけないのに何ともできず、一人で背負わなきゃいけない感覚に陥ってしまった。

今も何もできなかった自分を責めている。麻薬が足りなかったんだろうか。飲ませ方が悪かったのだろうか。苦しみを和らげる方法がもっとあったのではないか。私が死期を早めたのだろうか……。今も心の中は後悔のような言い表せない想いで埋め尽くされている。

私はいつも通りの生活を回さなければならないけど、きっと自分が父の元へ逝くその日まで、この想いは消えることはないのだと思う……。


（２０２1年3月記）

森喜朗氏の発言で思うこと

憲法かえるのやだネット長野、信州レッドアクション、ママは戦争しないと決めた実行委員会

森喜朗氏の発言があった時、ＳＮＳも報道も大きく取り上げている中、ぼんやりと〝またかよ〟と感じていた人は少なくないと思います。

常に根底に「男が偉い、上だ」という意識から言葉の端々にそれらが受け取れるのは、最近の政治家だけでなく、自分の身近な存在が常にそうであり、その日常と混在して、どーせそんな人たちばかりなんだよと、怒りと諦めを外に出すこともせず溜め込んできた人がいました。しかし、その人は、ふと友人に「どう思う？」と聞かれ、少し目が覚めます。公の場で、しかもオリンピックの会長の発言ということで考えれば、声は上げることには意味があると考えるようになりました。

いま、コロナ禍の中でオリンピックが本当に開催できるのか、しても良いのか、そんな

不安と、練習環境が整わない中、調整をしているトップアスリートたちが次々に発言をし始めています。オリンピック開催と、人の命を天秤にかけ、自分たちのやりたいという気持ちだけで開催するのは違うと思うという言葉の裏には、計り知れない葛藤と苦悩が受け取れます。

聖火ランナーの辞退も出てきました。ボランティアの辞退もありました。本当にオリンピック大丈夫なの？　と不安を抱えつつも迎えようとしてきた人たちも、糸が切れてしまったような、そんな感じを受けました。そういった意味で、森氏の発言は非常に重大なものと思います。

コロナでたくさんの人たちが不安定な生活を送っています。みんな疲れています。いつも我慢があります。まだ、収束していない福島の原発のこと、地震や台風の被害のこと、心のどこかにいつもひっかかりがあります。

選手は、最高のパフォーマンスをオリンピックの舞台でするという目標の中に、応援してくれた人たちに見てもらいたい、喜んで欲しい、または応援の声を聞きながらパフォーマンスをしたいという想いがあると思います。

今、この状況でオリンピックを開いて、選手の心も、応援する人たちの心も、本当に晴れるのかは疑問です。世界各国から来る選手たちも同様です。

コロナで疲れて、日々の生活の中の色々に疲れ、そんな中、森会長の発言で相変わらず変わらない日本の体質をまざまざと見せつけられて、ぐったりしています。

今回の問題から出た希望は、当事者である選手の発言が出てきたこと、取り上げられたことです。その中に女性のアスリートもいます。

「また女が出しゃばって」などと思う人もきっとまだいるでしょう。しかし「うん」「ああ」「わかった」「結論は？」だけでない話の中にきっと大切な想いが含まれているはずです。普段女性の話を呪文のように聞いている男性の方は、中身をよく聞き、意味を考えてみる機会になったと思います。

そして、今回のことで森氏が東京五輪組織委員長を辞任をしたことは、ゴールでも何でもありません。一人の意識を変えたのではなく、役職から引きずり下ろしたに過ぎません。人権を無視する人を「老害」「クソジジイ」と罵り、同じ土俵に上がっていては何も起こりません。世界が繋がっている今、もっと広く想いを共有できることを知っています。人権の獲得は長い長い歴史の中のまだ途中です。

かつての誰かの行動から何かが生まれてきたように、私たちも今の時代で意思を表明し続けます。

（2021年3月19日　長野市19アクション）

絵や歌やダンスは呼吸のようなもの

ネオ子

わたしにとって絵や歌やダンスは呼吸のようなものです。せざるを得ないというか。最近は歌が歌えなくなって、絵ばかり描いて部屋が絵だらけです。

特に抽象画はわたしの生死に関わっているので、高値で絵を売ってます。好きだから売りたくないけれど、売れたら認められた気がするから売ってます。

風景画やデッサンは頭を空っぽにする為にやってます。

この絵は私にのしかかっている黒い塊のようなモノを描きました。


（2020年10月記）

自分で「行動してみる」「考えてみる」「工夫してみる」

いち、お母さん　白石　香

農業にハマってしまった。

義理の実家がリンゴ農家を営んでいたが、今まで全く興味がなく、手伝うこともしなかった。

何故だろう……。

年明けの3月頃。知人が話を持ち出した。

「相続した鬼無里の土地を10年以上放置していて、毎年毎年、草刈りが大変なんだ。誰か使うなら、無償で貸すよ。私も使ってくれると余計な手間が省けてありがたい」

自身が立ち上げた「子どもの居場所提供」を主とするボランティア活動で、親子で収穫体験を企画できないか考えていた矢先だった。

「一度下見に行こう」

別のボランティアグループで知り合ったメンバーと一緒に、現地を視察しに行くことになった。

畑↓田んぼ↓放棄地となり、ススキ畑になっていた。

「この土地で収穫できるの？」「ちょっと無理かな……」「とりあえず、草刈りしてみて、それから考えよう！」

仲間と一緒に草刈りから始めた。しかし草刈り機が故障し、全てマンパワーでの開墾。助けてくれた私の大切なお二人は、そこそこのお年頃。にもかかわらず、クワとカマを持ち、皆で力を合わせて草を刈ってみた。

途中でくじけそうになったが、わずか半日で「更地」になった。中学生が好きな言葉「達成感」そのものである。

「これだけ汗かいて土地作ったんだから、せっかくだから何か育ててみる？　なにか、手間のかからなそうなものを試しで植えてみるか」

「ジャガイモだったらいいんじゃない？」

そして、プロジェクトが始動した。

10年以上放棄されていた土地。おまけに水田だった土地は水はけが悪く、沼地と化している。先人の知恵を生かし工夫し、「土づくり」をしながら作業を進めた。

普段は別のボランティアをしていたり、仕事をしていたり。でも、時間があれば交替で畑を見守り育ててきた。


長い梅雨が明けた。

やっとジャガイモの収穫に辿り着いた。スーパーのカゴ2つ分。子どもたちには、1人数個のジャガイモを渡せるだろう。

でも、私が目指している活動はそこではない。

「収穫体験」ができる施設は、市街地付近にいくらでもある。わざわざこんなトンネル10個以上くぐらなくても。

「食育」を推進している企業もたくさんある。

私は、そもそも食材や物品の提供を主に活動していない。子どもたちに一番伝えたいこと。それはコロナ禍の前から感じていて、自身の子どもたちや関わりのある子どもにも話している。

それは、自分で「行動してみる」「考えてみる」「工夫してみる」。その先に、喜びがあるんだよ、学びがあるんだよ、自分が成長できるんだよ。

今の子どもたちには、自発的に活動することが減ってきている。大人に言われたことをただこなすのではなく、自分から、行動できる人になって欲しい。そのためには、まず大人が行動しなければいけないかな、と始めた「小さな一歩」。

コロナ禍で行動制限がある今、

「自分が自分であるために」

何かを見つけに行って欲しい。

未来ある子どもたちに。


（2021年7月記）

コロナってなんだ

フラワーデモ長野呼び掛け人　水野　美穂

いったいこの国は、どこに行こうとしているのだろう……。

コロナでいろいろなものが表出されてきた。強者はより強者に、そして弱者はより弱者に。

世界のあちこちで変異株が見つかっているのに、国民の大半が「オリンピックは無理じゃね？」と口にしていても医療が崩壊寸前、いや崩壊しているように見えてきていても医療に注力しようとする姿は見えてこない。何だろう、この別世界感。

最初の非常事態宣言から何が変わったのかと思えば、相も変わらず〝消毒しろ〟〝マスクしろ〟〝出掛けるな〟と行動抑制のお願いばかりするだけで国産ワクチンを作り出すこともなく、罹患した者が悪いという空気。

〝人流を抑えろ〟と言ったって、動いて流れて働かなければ食っていけないのに、家賃が払えなければ住む場所でさえ無くなるのに。家に居場所が無い人、ＤＶ被害者や被虐待者はどうしたら？　逃げ込む場所は？

コロナで生活困窮した人への支援策を見ても給付は少ない。貸与に対して躊躇する人も多いだろう。もし私だったら、私もそうだ。期限までに立て直すことができなければと思うと手が出ない。

コロナで困窮することも自己責任なのか？

弱者にしわ寄せがくることは自己責任なのか？

だとしたら、そもそもコロナがなぜ持ち込まれたのかを考えたならば、コロナで困窮する側は持ち込ませた側に対応を求めるのが正当ではないのか？

今の状況は、私がフラワーデモを始めた頃になんだか似ている。

被害者に責任を持たせ罪悪感を持たせ、貴方が悪いから被害を受けたのだ、という状況になんだか似ている。

コロナを持ち込ませず抑え込んだ国もある中、なんとも対照的に抑え込めずに広がり、増え続けている。

持ち込んだのは……よりも、持ち込ませたのは、持ち込むことを許したのは……。では？


「知恵を探せ、知識ではない。知識は過去だ。知恵は未来だ」


これはネイティブアメリカンの教えです。

私たちは、今こそこの言葉を意識しなければならないのではないかと思います。

ネイティブアメリカンの教え、もう一つ。

「地球は親から与えられたものではない。

祖先からの授かりものでもない。
子どもたちから借りているのだ」
私はこの今の世界を次世代に返したくない。
少しでも良きものにして返したい。そう思っている。

（２０２１年５月記）

雇い止めの理由は未だに理解できない

派遣社員・女性

コロナ禍の中、工場勤務ということもあり、普通に作業が始まり普通に終わるという日常が普通でありました。ですが、何も無いはずもなく、外国からの部品が入ってこなくてミーティングや勉強会というものが増えた。

その会社は県外に本社があり、本社の方がコロナが身近だったので、会社全体で作業中はマスクをすることも決まりました。

お昼なども向かい合わず席や机の間を開けて座り、お喋りは無しとは言われなかったのですが、空気を読む形で黙って食べました。

その後、その会社を辞めたのですが、その後に勤めた会社は1か月弱で雇い止めになり、勤めている間で仕事を探さなければなりませんでした。

雇い止めの理由は未だに理解できていませんが、無職になるので必死に探しました。今も派遣ですが、その時も派遣だったのですが、担当の方は
「急すぎて遠い距離の場所しか紹介できないので他社さんで探してください」

「もう今の会社のことは忘れて前向きになってください」

ということでした。

一人暮らしということもあり、仕事をしていない状態は無しなので、条件に合っていない住まいから40分くらいの場所にご縁をいただいて仕事をしています。


コロナ禍ならではの話なのですが、今の職場に鼻炎のアレルギーの人がいるのですが、くしゃみをしたときに「大丈夫ですか?」って言ったら「こんな時にくしゃみなんて嫌だよね。ごめんね」って逆に気を使わせてしまいました。コロナ禍じゃなければ「アレルギーなんだよね」ってくらいで済むと思うのですが、コロナ禍なので気にする人もいるってことで、〝ならではだ〟と思いました。

いろいろなセミナーに出席させていただく機会がありまして、先生方は県外から来ていたのでセミナーが中止になってしまった。

他にもイベント開催が出来なくなり、イベントに出店させていただいていたのですが、お客様用に準備していた出す物も使うことがなくなってしまった。早く出店が出来るようになればと思います。
コロナになってから色々なことがないってことはないと思っていましたが、自分なりに楽しんで収束してくれれば良いなと希望を持っていようと思います。

（2021年5月記）

コロナ禍の暮らしとわたし

自営業・60代主婦　かすみ

まさか、自分が生きている間に、感染症が日本を、全世界をパンデミックに陥れるなんて……想像もつきませんでした。

私の住んでいる小さな村でも、神経質過ぎる位に注意して、ほとんどの村の行事が中止！　地域の会議も中止。もちろん、地域の集まりや、交流、飲み会も当たり前のように中止になりました。

我慢し続けて1年過ぎても、昨年よりも改善されているとはとても思えないこの状況に、いったい何がいけないんだろう？　国は？　何をしてきた？　マスク、消毒、3密を避けて！　と、国民にお願いすることだらけなのではないですか？

自分にとっても昨年、趣味の声楽レッスン、発表会が中止になりました。先生は東京在住、いつもご実家でレッスンをしていただくのですが、ご実家には高齢の母親がいらっしゃるので、なかなかこちらには来ることが出来ない状況なのです。

今年は発表会出来るかな？　と細々とリモートレッスンを続けてきたけれど、今の状況では無理な気がして仕方ないです。

基本の基本！　検査をきちんとして、感染者はもちろん、無症状感染者を見つけだし、隔離し、感染していない人で経済を回す。

そんな当たり前なことが出来ないこの国のトップの方たちは、本当にコロナと向き合っているのだろうか？

ウィズコロナ〜〜とか言っていること自体、おかしいと思う。ゼロコロナを実現するのは無理かもしれないが、それに向かって努力するという意気込みが何も見えてこない！

今の時点で（２０２１年4月4日現在）感染は拡大しています。

「第4波」とも言われているこの状況が、いつ収束し、普通の日常に戻ることが出来ることがあるのだろうかと？　辛く、悲しい気持ちになるには、私だけではないはずです。

（２０２１年４月記）

私は一日一日を必死に生きています

石

「やばい。6時に間に合わない」

出張先からの帰り道、私は助手席で、一人焦っていました。

小学2年生の子どもを放課後に預けている児童センターは6時で終わりです。

「どうしよう。どうしよう」「どうしよう。どうしよう」

5時を過ぎた時点で、私は同乗している同僚に助けを求めるように言いました。

「児童センター、6時までなんです」

運転中の同僚は、驚きつつも「スピード出して行きますね」と優しく対応してくれます。

同乗している他の同僚も私を責める人は誰もいません。

誰一人私を責める人はいませんが、「すみません。会議の終わり時間を甘くみてました」

「すみません。事前に母にお願いしておけば良かったのに」「申し訳ないです。本当に」などと連発している自分。

そのとき、ふと、夫の存在を思い出しました。児童センターから徒歩10分のところに勤務しています。急いで電話をかけました。

私：「出張先から間に合いそうにない。児童センターにお迎えに行って、家に置いてきた仕事に行って大丈夫だから、仕事抜け出して迎えに行けない？」

夫：「打ち合わせが入ってるから無理だよ」

私：「あ、分かった」

怒りもしないし、失望もしません。しないことにしています。疲れるので。

共に子育てをしたい、と思っていた頃は、怒りや失望で、気が狂いそうでした。でも、あるときから、やめました。疲れるので。期待しなければ、怒りも失望もないのです。

同僚は、可能な限りスピードを出して運転しています。

怒らない、失望しないことにしているけど、やっぱり、心の底に無理矢理沈めてある感情が、抑えきれません。「自分は余裕あるときだけ手伝えばいい、ってその立ち位置、なんなんだ」「自分が同僚に頭下げて、打ち合わせの時間をずらしてもらうとか、そういう努力しないのかよ」「自分だけ、同僚に迷惑かけない出来るヤツの立ち位置キープしやがって」

そんな気持ちを再び心の底に沈めるため、私は、ネタとして夫の文句を披露して同僚を笑わせました。笑いがとれると少し気持ちが楽になる。そして「すみません」「すみません」と頭を下げ続ける。

スピードを出してくれたけれど、もう間に合わない。5時50分、私は、児童センターに電話をかけました。

「先生、大変申し訳ないのですが、渋滞に巻き込まれて6時に間に合いません。10分か15分くらい遅れそうです」

声が震えていて自分でも驚きました。

「お母さん、大丈夫ですよ。安全運転で来てください」

その一言に涙が出そうでした。同僚にあれやこれやの無理をしてもらい、何とか6時15分に児童センターに到着。

「すみませんでした」「すみませんでした」

平謝りし続ける私。小学2年生の子どもを拾って、6時半までの保育園に直行。ギリギリ滑り込みセーフ。

自宅へ戻って、やれやれ一息つきますか、ビールでも……とはいきません。

夕ご飯を作ってお風呂を洗って、食べさせ、風呂に入れ、「宿題やったか」と世話を焼き、「たたいちゃいけない」と兄弟げんかを仲裁し、歯磨きしてね、トイレ行ってね、と何度も言い、一人で怖くて行けないというのでトイレについて行き、ハイテンションで遊んでいる子どもを捕まえて順番に仕上げ磨きをし、はっと気がついたら「やばいこんな時間だ、明日の朝起きられない」と急に焦り、布団の上で飛び跳ねている子どもに「いい加減に布団に入れ！」と思わず大声を出してしまい、ああ、怒鳴ってしまったと思って、取り繕うように、絵本を1冊だけ読んであげたけど、読み終わったらこんな遅くなってしまい、やっぱり絵本はやめておくべきだったな、などと後悔しながら、やっと子どもを寝かせる。

ああ。疲れた。

私、今日、何回「すみません」と言っただろう。

疲れのせいだろうか、「子育て中の女はやっぱり使えない」と、自分で自分を責めている。そういう自分を、「そんなことを思うなんて、おまえの中に子育て中の女性に対する偏見がある証拠だ」と再び自分が責めてくる。

夫は、お迎えに行けなかったこと、なんて思っているだろう。「申し訳なかった」って思っているんだろうか。それとも「遅くなるって分かっているなら何で事前に頼まなかったんだ」って思ってるだろうか、などと夫の気持ちをあれこれ考えてみたが、おそらく何にも思っていない。私から電話があったことすらもう覚えていないだろう。

「使えない女」と「時間外の打ち合わせでも嫌な顔一つせずに応じる仕事の出来る男」

そんなことを思って苦しくなった。

今日も夫が帰宅するのは深夜だ。

今日の出来事を話してみたいが、週末にならなければ夫と会話する時間もない。でも週末まで持ち越して話すような内容でもない。こうして今日のことは無かったことになっていく。いつもその繰り返しだ。

夫の人柄のせいばかりではないだろう。夫を解放してもらいたい。
毎日深夜まで働かせられる。そんな働き方っておかしくないですか。
働き方改革っていうなら、5時に身柄を解放してください。

コロナで家族の絆が深まったとか、吐き気がします。
休校中も学校が始まってからも、私の負担は増えるばかりです。
「日本、がんばろう」とか聞きたくもありません。
これ以上、頑張れねえよ。それが率直な思いです。
頑張れば報われる、そんな考え方に支配され苦しんできました。
最近、それにやっと気がつきました。

私は一日一日を必死に生きています。

（2021年5月記）

コロナ禍と学生生活の狭間で

Scheherazade.

コロナ禍で学生の貧困が問題視された。自分も当事者であるため、声を上げた。だが、この問題の根本に迫った言説はどれほどあっただろうか。メディアの取材や世論は「コロナによる学生の貧困」ばかりを問題視する。元から存在していた「学生の貧困」にスポットを当てた報道は片手で数えるほどだった。コロナ禍と学生生活の狭間で、忘れ去られたものはなかっただろうか。

私は生活費を自費負担することを条件に大学進学を許された。当初は授業料に関しては親持ちという話であったが、気づけばそれすらも自己負担という形になっていた。それらを賄うには奨学金の利用とアルバイトをするしかなかった。奨学金を利用するといっても、日本の奨学金は事実上の借金であり、下に弟妹がいる都合上、自己破産の可能性がある多額利用は避けたい、いや避けなければならない。必然的にアルバイト収入への依存度が増えた。

だが、親から提示された条件は「扶養内（年間103万円以下）の収入」であった。奨学金と合わせて年間150万円以下で授業料を含めて自活する必要があった。授業料は免除制度を利用して半額での支払いではあったが、それでも年間26万円。年間所得の6分の1である。

問題の根本は、「授業料が高いこと」と「真の奨学金」が存在していないことにある。令和2年度から始まった就学支援新制度では家庭の経済状況に合わせた給付型奨学金制度が始まったが、支援を受けられるのはごくごく限られた層。年収によって支援額が変動するのも特徴で、私はそれ以前に受けていた支援額よりも減少した。そして、この制度開始と時を同じくして生じたのがコロナ禍であった。

「学生の貧困」に目が行くあまり根本の原因を見失ってはいないか。どんな状況であっても学生生活を安心して送る権利、すなわち「学習権の保障」に関する視点は欠如していなかったか。

コロナ禍と学生生活の狭間で、盛り上がりかけた学習権に関する議論。「学生の貧困」

が意味することは「学習権の侵害」である。今一度、学習権に立ち返った議論をすることが必要だ。

（2021年7月記）

コロナ禍の学生運動に思うこと

Scheherazade.

コロナ禍の学生運動で「#大学生の日常も大切だ」を扱ったSNSのデモが行われた。確かに彼らの主張は道理が通っており、理解はできる。だが、私はこのハッシュタグに抵抗を感じてしまうのである。

コロナ以前から、私の「大学」生活は存在していなかった。週8~9バイトを行っていた時期や無賃労働をさせられていた時期など、私の生活は全てアルバイトに奪われていた。大学生の日常として掲げられた学生生活像は、私にとっては夢物語であった。コロナ前からそのような学生生活は送れていない。彼らの主張は贅沢なものに見えた。

学費生活費を自分で賄う。そのためのアルバイト。精神的に追い込まれていったのは無理もないことだろう。気づけば、ちょっとした贅沢、1食の食費を500円程度にすることにすら罪悪感を抱くようになった。

また、先にも触れたように生活の中心がアルバイトになっていた。大学生なのかフリーターなのか分からなくなっていた。何のためにここに来たのか。それればかり考えるようになり、高校生の頃に思い描いていた、勉強を楽しむという理想とそれどころではない現実の乖離に苦しさを覚えた。

「#大学生の日常も大切だ」を使って投稿されていたコロナ前の大学生活は、まさに自分の理想であった。彼らの日常は自分の理想、自分にとっては夢物語で贅沢な主張に感じてしまった。抵抗を感じたのはルサンチマンに依るのだろう。

「大学生の日常」とは何か。もちろん、人それぞれ異なるものではある。だが、コロナ禍におけるこの言葉の含意は幅が広すぎた。いや、正確には高等教育の大衆化に伴い、現状の学生を取り巻く環境が多様化しているために生じた事象であり、その意味では仕方がないことである。

この状況を踏まえて、求めていくべきは「日常の回復」なのか「日常の整備」なのか。両者は似ているようで意味するものは大きく異なる。コロナ禍で学生の貧困が問題になったのはなぜか。日常を回復したところで、彼らの苦しみは変わらない。貧困状態にない学生にしても、現状、自らの権利がどのような状況に置かれているのかを理解する必要があるのではないか。彼ら自身の身を守るために。

日常の中にも権利が侵害されている状態はたくさんある。単なる日常の再生で良いのだろうか。権利を基にした主張の展開が必要である。

（2021年7月記）

本当の気持ちを話せることの貴重さを実感する

松本市在住　パートタイマー主婦

観光関連のサービス業で、非正規で働いています。

幸い雇い止めに遭ったり、大きく収入が減ることはありませんでしたが、GoToトラベルキャンペーンや緊急事態宣言などに振り回され、利用者数の予測が立たずシフトの急な変更が続いたり、消毒などの業務が増えたことで心身共に疲れています。

この状況の中で今の仕事を続けるには、とにかく頭を麻痺させるしかありません。

無症状の感染者が多いと最初から言われているのに、熱だけ測ればそれで大丈夫。設備の消毒にアルコールではコストがかかりすぎるというので本当に消毒できているかよくわからない代用品を使う。重要なのは本当に感染対策ができているかどうかではなく、感染対策をしている雰囲気を出すことのようです。

職場から首都圏などの感染拡大地域には行かないようにとの通達も受けました。旅行には行けず、楽しみにしていたコンサートも中止になりました。オリンピックは開催するというのに。

こうして何か月も前からわくわくして待つような予定が何もない単調な毎日が長く続いたせいか、忘れてしまいたい過去の嫌な体験を思い出したり、未来のことを考えて不安になったりと気分が落ち込むことが多くなりました。このような状況の中では、友人と本当に思っていることを話し合うことだけが救いでした。

先日たまたまテレビをつけたら、ゴミの不法投棄で近隣住民に迷惑をかける人をどう成敗するか、というような番組をやっていました。私たちは隣人同士で争うことを望まれているとしか思えませんでした。

十分な検査や補償など、安心して生活するために必要なことはしてもらえず、政治に怒りの矛先が向かないよう思考を奪われ、市民同士で憎み合い、互いの尊厳を奪い合うように仕向けられて、困っていることを困っていると言うことすら難しい状況の中で、誰かに自分の本当の気持ちを話せることの貴重さを実感しています。

（2021年7月記）

終わりに

コロナ禍は、人間らしく生きる権利を奪います。どうしたら回復できるのだろうということが、実行委員会の問題意識としてありました。

江戸時代、信州の上田地域では百姓一揆が多く起こりました。その中でも青木村は、「夕立と百姓一揆は青木村から」と言われるくらいに一揆の首謀者が多く出て、同じ地区から5回の一揆が起こったのは全国最多です。地域農民の生活を守ろうとして藩主に直訴し処刑された首謀者は手厚く葬られ、機を見て義民として供養・顕彰し、名誉回復が行われました。村人は自分たちの歴史を祠にきざみ、今なお語り継いでいます。『上田市誌』には、「農民は生活の権利を守るために、集団で自分たちの要求を、支配者たちに認めてもらおうとしました…百姓一揆や村方騒動のなかに、民主主義的な考え方や行動が見られます」と記されています。

江戸時代は、権利を要求することは許されない、要求してもなかなか受けつけられないから直訴がおこなわれたわけですが、今では、まがりなりにも言論の自由があり、正当な権利や願いを要求することが憲法で保障される世の中になりました。

この本の1つ1つの生活綴方は人間らしく生きる権利の回復であり、江戸時代の農民が、命がけで生きる権利を主張し竹に挟んだ「訴状」です。このたくさんの「訴状」が、本の出版を通じて、話し合いという形になりましたことに深く感謝します。そして、本を読んでいただいたみなさんが、よりよい明日へと歴史を繰り広げていくために、それぞれの生活の言葉で綴った「訴状」で話し合っていただけるとうれしく思います。それは、基本的人権の一つであり、自らの歴史をつくっていくことのできる学習権保障の実践です。

ユネスコ学習権宣言（1985年）

〝学習権とは、

読み書きの権利であり、

問い続け、深く考える権利であり、

想像し、創造する権利であり、

自分自身の世界を読み取り、歴史をつづる権利であり、
あらゆる教育の手だてを得る権利であり、
個人的・集団的力量を発達させる権利である〟

コロナ禍の生活綴方

2021年12月22日　第1刷発行

編　者　コロナと暮らし実行委員会
発行者　木戸ひろし
発行元　ほおずき書籍株式会社
〒381-0012　長野県長野市柳原2133-5
☎026-244-0235
www.hoozuki.co.jp
発売元　株式会社星雲社（共同出版社・流通責任出版社）
〒112-0005　東京都文京区水道1-3-30
☎03-3868-3275

ISBN978-4-434-29861-5